Matthias Körner
Tödliches Wasser

Matthias Körner

Tödliches Wasser

Roman

Gustav Kiepenheuer Verlag

ISBN 3-378-00652-8

1. Auflage 2003

Einbandgestaltung gold Fesel/Dieterich
Druck und Binden: GGP Media, Pößneck
Printed in Germany

www.gustav-kiepenheuer-verlag.de

Alle Figuren sind frei erfunden.
Ähnlichkeiten mit realen Personen
sind zufällig und nicht beabsichtigt.

Der Himmel schreit. Bruno Bollhagen entdeckt im Novembergrau ein paar Wildgänse, die sich allmählich zu einer Flugformation ordnen.

Von oben ähnelt die Gegend einem Feld, auf das ein Regen von Meteoriten gefallen ist. Krater reiht sich an Krater, die Erde ist aufgerissen bis zum Tertiär. Die Wunden stammen aber nicht von außerirdischer, sondern von menschlicher Hand. Hundert Jahre Braunkohlenabbau haben ihre Spuren hinterlassen.

In einem dieser bis zum Horizont reichenden Löcher steht Bruno Bollhagen. Der Wind bottelt seine Jeans und jagt die tertiären Sande über das Kohleflöz.

Bollhagen wartet auf den überfälligen Beginn einer großen Kunstaktion und gesteht sich einen Fehler ein: Er hätte lange Unterhosen anziehen und er hätte sich was auf den Kopf setzen sollen. Fast ungehindert prasseln Kälte und Sand auf Bollhagen nieder. Die langen Haare seiner Gammler-Zeit sind nicht nur der Mode zum Opfer gefallen; auch Gene und Zeit haben lediglich ein paar Kurzhaarinseln übriggelassen. Wir werden alle älter, resümiert Bollhagen zu derartigen Gelegenheiten. Er stülpt sich die Kapuze über. Ein Vorgang, den er immer wieder vor dem Spiegel überprüft, daher weiß er, wie bescheuert eirig sein Kopf jetzt aussieht.

Bollhagen fahndet unter den vielen Leuten auf der Tagebausohle nach hübschen Frauen. Aber in seiner Nähe tummeln sich nur die angestrengt künstelnden

Damen von der VIP-Clique, und die beachten Bollhagen sowieso nicht. Also bleibt die Kapuze auf dem Kopf. Bollhagen ist Anfang Vierzig, unverheiratet und hätte nichts gegen einen Freundinnen-Wechsel. Bloß keine von den VIP-Ziegen. Die werden gerade von einem in Bergmannsuniform abgeholt: »Meine Damen, darf ich Sie ins warme Zelt *geleiten*!«

Sauerei, für diese Parfümwolke haben die extra ein VIP-Zelt aufgebaut, mit Heizung! VIP: Very Important Person, das ist für Bollhagen das Unwort der Demokratie.

Um so mehr spürt Bruno Bollhagen die Arschkälte und ist dennoch wahrscheinlich der einzige, der nicht das Ende der Kunstaktion herbeisehnt. Er ist nicht sauer über den trüben novembrigen Nachmittag im Tertiär. Zu Hause bei Mona wäre es schlimmer. Mona ist seine derzeitige Freundin und viel jünger als Bollhagen. Sie hat am Morgen gesagt: Wir müssen heute abend miteinander reden. Schon dieses *wir*. Das klingt wie Was-haben-wir-denn-falsch-gemacht nach einer Geschwindigkeitsübertretung. Bollhagen hat mit Mona nichts außer der Reihe zu bereden. Zu solchen Anlässen wechselte er bisher die Freundinnen. Die Beziehung mit Mona ist schon über zwei oder drei solcher Anlässe geholpert. Bollhagen möchte gar nicht darüber nachdenken, warum er immer noch bei Mona ist. Das heißt, eigentlich ist ja Mona bei ihm. Bollhagen fürchtet sich vor einer naheliegenden Wahrheit: In seinem Alter werden Freundinnen, zumal jüngere, eine Rarität.

Na ja, Mona ist eine längere Geschichte.

Merkwürdigerweise ist die Rede des Tagebauchefs Feinniger ausgefallen. Das stört zwar niemanden, aber eigentlich sind solche Reden eingeschmiedet in das Ritual von Ausstellungseröffnungen: Reden–Geigen–Reden.

In diesem Moment entdeckt Bollhagen den Tagebauchef.

Der weht mit weitem, schwarzem Mantel fledermausartig heran, entschuldigt sich und wiegelt mit großer Geste die Aufforderung, doch noch zu reden, ab. Er weist wie ein Sänger beim Schlußapplaus auf Grossling, den lokalen Künstlerfürsten.

Bollhagen wartet auf die große Provokation des großen Malers Hannes Grossling.

Der ähnelt in seiner schwarzen Latzhose dem Negativ eines Schneemanns. Allerdings hätte man die Kopfkugel etwas größer rollern müssen, erst recht bei der gewaltigen Bauchkugel. Grossling betont das auch noch durch seine Latzhose.

Bollhagen kennt den Grossling seit gut fünfzehn Jahren, und er hält dessen Kunst für Scharlatanerie, gewaltige und noch dazu sehr gut bezahlte. Je scharlataner, desto mehr Geld. Bollhagen ahnt auch den Grund: Politiker und Geldgeber mögen beliebige Kunst. In der geht jede Kritik unter. Und Politiker und Geldgeber mögen keine Kritik, in keiner Gesellschaft dieser Welt. Globalisierung der Scharlatanerie.

Der Wind frischt auf und schickt noch mehr Tertiär auf die Reise. Feinniger rührt volksverbunden die Erbsensuppe in der Gulaschkanone und paßt höllisch auf, daß kein Spritzer auf seinen schwarzen Mantel kommt.

Mit der einen Hand rührt er, mit der anderen hält er den Hut fest. Feinnigers Bewegungen sind steif, ähneln denen eines Dressurreiters auf dem Parcours.

Die Erbsensuppe wird wohl knirschen zwischen den Zähnen.

Der Künstler Grossling hebt medizinmannartig die Arme. Die Hose spannt und wird bald die Knopfleiste an der Seite zersprengen.

»Wann isses denn endlich so weit?« fragt eine mausgraue Frau, die sich neben Bollhagen gedrängelt hat und eine zeit- und systemunabhängige Jacke vom Polenmarkt trägt.

Schon schütten Lautsprecher vom Tagebaurand atmosphärische Klänge nach unten zur Tagebausohle.

Bollhagen fischt unter seiner raschelnden Wetterjacke nach der Uhr. Er hat eine Taschenuhr für achtfünfundneunzig. Die hängt an einer Alukette in der Westentasche. Er trägt oft Weste, weil da seine fleckigen und knittrigen Hemden weniger auffallen. Mona ist keine Hausfrau, wenngleich sie den ganzen Tag zu Hause ist. Außerdem kaschieren die Westen Bollhagens Leibesfülle. Da ist nichts mit Muskeln, schon in der Schule schaffte er an der Sprossenwand höchstens dreißig Grad beim Beineanwinkeln, und die höchstens viermal hintereinander.

Bollhagen zählt zu den Pflichtbesuchern. Wir müssen dort Flagge zeigen, hatte sein Chef gesagt. Bollhagen ist Beamter. Polizist. Also zeigt er Flagge.

Er kennt den Grund der Kunstaktion: Der alte Waldemar Wassinke hat die Tagebau-Bagger mit einer Klage gegen die »bergbauliche Inanspruchnahme« seines Waldes gestoppt. Das ist ein neues Kapitel im lang anhaltenden Kräftemessen zwischen den Leuten der Kohlewirtschaft und dem kleinen lausigen Dorf Wolkenberg, das nicht zurück ins Tertiär will, sondern sich an dieser

Erde festkrallt. Solchen Widerstand kennt dieses Land nicht. Und dazu dieser Dorfname *Wolkenberg*! Bleiben die Dorfleute standhaft, käme es in dieser Republik zur ersten Zwangsräumung eines Dorfes. Bollhagen ist pessimistisch: sie werden die Dorfleute weichkochen. Das hier gehört dazu.

Und während der Vorschnitt des Tagebaues ruht, macht jeder seinen Schnitt. Grossling hat einen Riecher dafür. Von wegen armer Künstler. Der sieht mickriger aus als Bollhagen und hat dennoch dauernd andere Weiber.

Bollhagen ist neidisch wegen der hohen Honorare, denn der Grossling wird für sein Gepinsel quadratmeterweise bezahlt. Und Bollhagen ist neidisch wegen der jungen Frauen, die stets und ständig in Grosslings Atelier rumlümmeln.

Mann, bin ich blöd, denkt Bollhagen, übernehme ich von dem Affen auch noch die abgelegte Tussi. Die abgelegte Tussi ist in diesem Fall Mona.

Auf des Künstlers Kommando hin hupt am anderen Ende des Tagebaus in regelmäßigen Abständen der Vorschnitt-Bagger, und es klingt wie das Nebelhorn eines Schiffes. Das mächtige Schaufelrad des Baggers dreht sich und frißt sich in die Erde, auf der Dörfer stehen und Wälder: Ein Schaufelrad dreht die Geschichte zurück bis ins Tertiär, in dem die Kohle entstand. Die große Symbolik des Hannes Grossling. Gegenwart durch Tertiär. Oder so. Bollhagen ist das eigentlich egal.

Wieviel Dorf in so eine Schaufel des Baggers wohl paßt? Die Abraumförderbänder rucken an. Sie transportieren die Erde, die der Bagger vorn aufnimmt, an das andere Ende des Tagebaus, kilometerweit. Dort wird die einstige Landschaft zur Kippe aufgetürmt, und die Natur formt daraus im Laufe der Zeit eine bizarre Schöpfung mit Cañons aus Erosionsrinnen. Das, die verändernde Kraft der Natur, fasziniert Bollhagen immer wieder. Und nicht dieser Grossling-Scheiß.

Furchtbar solche Eröffnungen. Jeder ist der Wichtigste. Allen muß man sich zeigen: Ich bin allhier. Ach, Sie auch, wie spannend. Nicht wahr, spannend! Ja, außerordentlich spannend. Wie Sie sagen, Herr Bundestagsabgeordneter Lupsch. Wie *Sie* sagen! Oder *die* da oben. Kleiner Scherz.

Der Lupsch wird immer fetter. Bollhagen saß mit ihm in einer Klasse, in der Schule, jetzt gehören sie verschiedenen Klassen an. Die Erscheinung von Lupsch wirkt gestaucht, mit dem schwarzen Mantel und den kurzen Beinen erinnert sie an eine Schildkröte. Aber schwarzer Mantel gehört zur Uniformierung der VIPs, Schlips sowieso, nur auf einen Hut hat Lupsch verzichtet. Was für ein Hut sollte auch zu ihm passen!

»Spannend! Nicht, Bruno? Spannend!«

Bevor Bollhagen antworten kann, stöckelt eine Dame zu Lupsch heran. Für den Preis ihres Parfüms, schätzt Bollhagen, kann er sich einmal komplett einkleiden. Aber schöner und jünger wird sie davon auch nicht. Es dient vielleicht als Duftmarke ihrer sozialen Kaste, Stallgeruch eben.

»Spannend!« flötet die Dame mit einem Lächeln, das wie ein Sonderangebot von Bofrost daherkommt.

Lupsch, die Schmalzbacke, lächelt zurück und drückt sich an ihre Seite. »Spannend, Frau Vorstandsvorsitzende. Sie sagen es, Frau Vorstandsvorsitzende.« Bei jedem Wort eifert der Kerl kopfnickend. »Lassen wir uns vom Künstler überraschen!«

»Sehr spannend!«

Die beiden drängen sich gegenseitig in Richtung Zelt. Den Lupsch ist er los, freut sich Bollhagen, der spannt nun VIP-artig.

Verdammt zugig ohne lange Unterhosen. Bollhagen reibt die Oberschenkel aneinander, aber plötzlich ist die Kälte vergessen. Alle starren zum Förderband, er auch, obwohl er sich ärgert, dem Grossling mit dem Urinstinkt Neugier auf den Leim zu gehen. Aber selbst Grossling stellt sich auf die Zehenspitzen, um auf das Förderband zu sehen. Was da auf dem Förderband sitzt, ist ein Mensch. Die Leute klatschen. Die Überraschung ist gelungen. Der Mensch also, der Gegenwart und Tertiär verbindet. Das will uns der Künstler also sagen. Totes Tertiär – lebendiger Mensch. Performance eben. Aber nun staunt auch Bollhagen, weil der Mensch, der dort auf dem Förderband sitzt, der Bürgermeister des Dorfes Wolkenberg ist, das sich gegen das Abbaggern wehrt. Der Bürgermeister ist der Häuptling des Widerstands. Und der macht bei einer Aktion für den Tagebau mit?

Das Förderband mit dem Bürgermeister läuft auf eine Übergabestation zu. Davon gibt es etliche auf dem kilometerlangen Weg des Abraums. Die Erdmassen fallen dabei auf ein anderes Förderband. Wie bei einem Wasserfall. Hinten, an den Kippen, ist die Erde fast flüssig, so viele Fallstufen. Bollhagens Bauch kribbelt vor Aufregung. Der Bürgermeister muß jetzt endlich runterspringen. Mensch, höchste Zeit! Vorn schreien schon ein paar Frauen. Der Grossling ist verrückt! Feinniger steht starr an der Gulaschkanone. Bollhagen knufft ihm in die Seite: »Unternehmen Sie was!«

Das bringt Feinniger in Bewegung, er hetzt zu einem Notschalter. Der Hut kullert ins Tertiär. Feinniger zögert: eine große Pfütze, auf der sogar kleine Wellen kräuseln, ist zwischen ihm und dem Schalter. Will der seine Schuhe schonen!? Bollhagen startet, landet knöcheltief im Wasser und drückt den Schalter. Feinniger rennt zum Förderband.

Gerade noch rechtzeitig stoppt das Band. Aber auch jetzt kommt der Bürgermeister nicht herunter. Die Leute laufen zusammen. Bollhagen watet aus der Pfütze und schüttet die Schuhe aus. Diesmal ist der Grossling zu weit gegangen! Aus der Menschentraube vor dem Förderband schreit Feinniger: »Einen Arzt, schnell einen Arzt!« Bollhagen bahnt sich einen Weg nach vorn. Handys piepen. Aber der Bürgermeister braucht keinen Notarzt mehr, das erkennt Bruno Bollhagen, der Polizist, der Chef der Mordkommission, sehr schnell. Denn von dem Noack steckt nur das Oberteil in den tertiären Sanden, die rings um den Torso blutrot sind.

Johanna tritt in die Pedalen ihres Fahrrads. Die Lager knacken, und der Sattel quietscht unter dem Ruckeln ihres großen Hinterns. A Orsch wie a Brauereipferd, frotzeln die Leute im Dorf. Johanna stört das nicht mehr. Sie ist fast siebzig. Nur wenn Waldemar Wassinke das sagt, dann ist sie sauer.

Am Lenkrad schlenkert eine Tasche. Darin klappert eine Milchkanne mit Suppe: Grüne Bohnen mit Hammelfleisch. Wie jeden Tag bringt sie dem Waldemar Wassinke das Essen.

Die is aba besorgt um den Schönen Waldemar, sagen die Leute und lachen. Von der Schönheit des Waldemar ist in den siebzig Lebensjahren vieles auf der Strecke geblieben. Am hartnäckigsten haben sich sein Spitzname und sein Oberlippenbärtchen gehalten.

Für Johanna ist er noch immer schön. Als würde ihre dickglasige Brille nur Waldemar-Bilder der Vergangenheit einblenden: Lockenkopf und, wie sie es nennt, Charlie-Chaplin-Gesicht. Sie fährt Waldemar schon lange hinterher. Er ist ihre Jugendliebe und die ihres Alters. Wassinke allerdings hatte die Ruth aus dem Nachbardorf geheiratet. Er hat Johanna nie gesagt, warum er damals die andere nahm.

Ihr sind die Männer immer wieder weggelaufen. Nur der Heinz ist geblieben. Bis heute. Er wäscht das Leben mit Schnaps aus seinem Körper, denkt sie. Oder säuft er der Liebe hinterher? Johanna glaubt an die Gerechtigkeit Gottes, und sie glaubt, daß es gerecht war, daß Waldemars Frau vor vier Jahren gestorben ist. Seitdem kümmert sie sich eben um Waldemar. Und weil sie mit Gottes Gerechtigkeit rechnet, hofft sie jeden Tag auf den Tod ihres Mannes.

Johanna ist heute spät dran. Sie hatte in der Zeitung etwas entdeckt, etwas zu dem Streit um den Tagebau. Ein langer Artikel. Und immer war darin von Waldemar die Rede, der alles zugespitzt hat mit seiner Klage. Sie ist stolz auf Waldemar. Deshalb hat sie den Artikel auch ausgeschnitten und wird ihn jedem Bekannten zeigen. Der Zeitungsartikel knistert in ihrer Manteltasche. Der Mantel ist für Männer. Sie braucht große Größen, in der Breite. Nach oben ist mit ihren einsfünfundfünfzig nicht soviel Stoff nötig. Beim Fahrradfahren knotet sie die Mantel-Enden vor dem Bauch zusammen, damit sie nicht in die Speichen geraten.

Sie fährt gleich durch den Teich. Das geht, seit der wegen des Tagebaus ausgetrocknet ist. Waldemar wird schon mit dem Löffel in der Hand am Tisch sitzen und warten; er ißt fast alles mit dem Löffel. Nur ganz zähes Fleisch zerschneidet er vorher mit dem Taschenmesser.

Johanna stellt das Fahrrad an den Bootsschuppen. Das Boot liegt drinnen aufgestapelt, Waldemar hat es vorigen Herbst zerhackt. Hierher kommt keen Wasser mehr, hat er gesagt. Aber verfeuern wollte er das Bootsholz doch noch nicht.

Sie ruft schon beim Absteigen: »Ich komm ja schon!«

Aber es ist zugeschlossen. Das ist ungewöhnlich. Umsonst der Weg? Und die Bohnen? Beim Überlegen kaut sie an den Zipfeln des wollenen Kopftuchs. Mit einem Ruck dreht sie sich um und holt den Schlüssel unter dem Boots-Holz im Schuppen hervor.

Im Haus ist es kalt. Waldemar muß schon lange weg sein. Sie läßt erst mal den Mantel an, behält das Kopftuch um und feuert den Küchenherd an.

Die Kiefernscheite prasseln wie Zunder. Die Funken springen beim Nachlegen über das Ofenblech hinaus und brennen kleine Punkte in die Dielung.

Dann scheuert sie einen beuligen Aluminiumtopf blank. Davon wird ihr warm. Waldemar läßt immer die Überkochnasen dran. Die Ringe der Herdplatte fangen zu glühen an. Johanna stellt den Topf darauf und rührt. Langsam weicht die Klammheit aus der Küche, und Johannas Nase läuft. Für den ersten Tropfen kommt das Taschentuch zu spät. Er springt über die heiße Herdplatte, bis er verzischt. Allmählich beschlägt Wrasen die Scheiben, aber von Waldemar fehlt jede Spur. Kein Zettel, nichts.

Johanna ist sauer und kellt sich auf. Als sie fast fertig gegessen hat, kommt er. Mit einer Kapitänsmütze, die sogar einen Anker als Kokarde hat. Keen Wasser nich weit und breit, aber nen Käptn hat die Teichwirtschaft jetze, heißts bei den Leuten. Sonst hat Waldemar obenrum nur seinen Strickpullover über dem Hemd, dazu die dicke blaue Stepphose, die heute an den Knien sehr staubig ist.

Wo hatter sich rumgedrückt?

»Ohne Jacke?« fragt sie.

»Ist seit vorigen Winter weg.«

Zuerst geht Waldemar Wassinke ans Waschbecken und wäscht sich die Hände, schrubbt sie sogar. Händewaschen bei Waldemar hat Johanna noch nie erlebt. Sie holt seine Suppe vom Ofen. Dann sitzt er vor dem Teller und stiert vor sich hin. Besoffen issa nich! Wäre er betrunken wie Heinz, würde Johanna gleich wieder fahren. Aber nichts sagen ist eben auch schlimm. Johanna versucht es eisern: »Wo warste? Warum kommste denne zu spät? Willste nich paar Bohn essen nich? Ein Sauwetter is das heute draußen!«

Es bleibt dabei, Waldemar sagt nichts.

Auf seiner Suppe hat sich vom Hammelfleisch eine Talgschicht gebildet wie einst dünnhäutiges Eis auf dem winterlichen Teich, als hier noch Teich vom Küchenfenster aus zu sehen war.

Sie nimmt ihren Löffel und polkt mit dem Fingernagel daran: »Rostfleck. Und son Haufen Geld. Ob das Silber is! Wo Silber nich rosten tut!«

Nun sagt er doch etwas: »Egal! Hauptsache Löffel!«

Er nimmt seinen Löffel, rührt und bricht die Talgschicht in Schollen.

»Soll ich noch mal warm machen?« fragt sie.

»Laß man«, sagt er und löffelt und muß jetzt was Versöhnliches sagen: »Schmeckt auch so.«

Er kippt den Teller zum Auslöffeln des Restes nach hinten. Auch so eine Sache. Alles muß er anders machen als normal, denkt Johanna.

»Im Tagebau«, sagt er, »die Kunst heute ...«

»Wie wars?«

»Der Noack ist dabei totgegangen. Lag offm Förderband.«

»Wie totgegangen?« fragt sie.

»Was weeß ich. Eben tot offm Förderband.«

»Einfach so?«

»Bin glei abgehauen.«

Sie hat seine Nervosität bemerkt. Nie hätte er sonst die Talgschicht mitgegessen. Johanna hätte gewettet, daß er sie gleich zum Aufwärmen losschickt. Und sie wollte das zum Anlaß nehmen, ihm seine Verspätung heimzuzahlen. Sie wäre einfach sitzen geblieben und hätte gesagt: Dann ißtes eben nicht. Aber es ist wieder anders gekommen. So wie es schon seit fünfzig Jahren zwischen ihnen ist.

»Mußte nich überall rumquatschen, daß ich bei dem Scheiß war«, sagt er. »Dann heeßts: Erst rennta offs Gericht, und danne issa bei de Kunst dabei.«

»Warum machste denn das och mit deiner Klage! Das hat dir bloß der Noack eingeredet. Jetze issa tot. Nee, wegen dem bissel Land das ganze Leben vermiesen.«

»Das verstehste eenmal nicht. Deswegen sind wir uns och fremd geblieben.«

»Ach, das lag nur an der Ruth. Weil dir der ihr Arsch besser gefallen hat.«

Waldemar steht auf und stellt seinen Teller auf den Abwaschberg. Johanna zeigt mit dem Löffelstiel auf seine Hose: »Wo haste dir derart eingesaut?«

»Mitm Moped.«

Waldemar wendet sich ab.

Johanna nimmt ihren Mantel: »Ich muß mich um Heinze kümmern.«

»Kommste morgen wieder?«

Das hat er Johanna noch nie gefragt. Am liebsten würde sie sich wieder hinsetzen. Sie will es auskosten und fragt deshalb: »Soll ich?«

»Was fragste!«

Sie packt den Milchkrug in die Tasche und steht ganz dicht bei Waldemar. Auf dem Rückweg von der Tasche macht ihre Hand einen kleinen Umweg zu Waldemars Arm. Sie drückt ihn fest und sieht zu seinen großen braunen Augen und hat wieder das Charlie-Chaplin-Gesicht vor sich und sagt: »Paß off dir off! Dir wern se och noch erschlagen!«

Zurückzu knackt ihr Rad viel fröhlicher als sonst. Obwohl es dunkel ist. Aber sie kennt den Weg. Plötzlich erschrickt sie. Da ist doch jemand? Der Krug scheppert gegen den Lenker und schlägt gegen die Speichen. Johanna fällt ganz langsam um, wie in Zeitlupe. Als hätte mir der liebe Gott am Schlawittchen festgehalten, wird sie später sagen.

Waldemar Wassinke wischt mit dem Ärmel seines Wollpullovers über die angelaufene Scheibe. Verschwommen sieht er Johanna wegradeln. Er darf jetzt nicht weich werden. Den Pullover hatte seine Frau Ruth gestrickt. Von heute aus würde er sagen, als Ruth ihren Stricktick hatte. Das war eine glückliche Zeit. Aber damals hat er auch nur auf das Glück gewartet. Vielleicht ist das Glück ausschließlich ein Vergangenheitswort. An den Pullover läßt er Johanna jedenfalls nicht. Da stopft er selbst. Du schlägst nur Brücken von einem Lochrand zum anderen, meckert Johanna. Aber er läßt sie trotzdem nicht an den Pullover.

Damals war vom Fenster aus der Teich zu sehen. Die Rohrweihe zog ihre Kreise, und für neugierige Jungenten, die aus der Schilfdeckung heraus ins offene Wasser paddelten, bedeutete das den Tod. Nachts unkten die Frösche. Manchmal hat Ruth ihn geweckt: »Die Fröäsche unken heute, daß es Bette glattweg wackeln tut.« Er ist dann zu ihr unter die Zudecke gerutscht, und dann hat das Bett gewackelt.

Was solls. Er hat mit der Gegenwart genug um die Ohren. Und Ruth, der sucht er einen sicheren Ort.

Sie haben drüben auf der anderen Teichseite oft auf der Bank unter der Eiche gesessen und sich ihr Weltbild zusammengezimmert. Zum Schluß sind sie auf einen Kreis gekommen. So ein Mensch beschreibt einen Kreis. Das war seine Idee. Wobei das Leben nur der eine Halbkreis ist, die Zeit nach dem Leben ist die andere Hälfte. Die Verantwortung reicht über den Tod hinaus. Auch für Ruth erschien das logisch.

Von der Eiche erkennt Waldemar Wassinke nur noch die Umrisse. Die Hauptäste strecken sich in den grauen Himmel, wie um sich festzukrallen. Aber es wird ihnen nichts helfen. Ob abbaggern oder nicht, der Baum ist längst vertrocknet und hat kein Leben mehr.

Der Teich war von einem Jahr auf das andere ausgetrocknet. Die Rohrweihe kreiste wie ein Totenvogel über dem stinkenden Teichschlamm.

Ruth stand am Teich, der mal sanft, mal störrisch, aber doch immer Grund allen hiesigen Lebens gewesen war. Sie kniete und fuhr mit der Hand über den rissigen Teichgrund.

Neue Arbeit bekamen sie, dafür wurde in der DDR stets gesorgt. Waldemar Wassinke fuhr mit seinem Moped in die Brikettfabrik.

»Die Kohle gibt und nimmt«, sagte der Direktor zur Begrüßung und schlug Waldemar auf die Schulter.

Wassinke duckte sich und sagte: »Wenn die Kohle nischt nehmen würde, brauchte se och nischt geben!«

Ruth ackerte fortan auf den Feldern der LPG in der Frauen-Brigade. Beim Ablesen von Feldsteinen fiel sie eines Tages um. Ihr feingliedriger Körper wehrte sich gegen die schwere Arbeit. »Als wär mit dem Teich ooch die Kraft vaasickert!« jammerte sie auf dem Krankenlager in der Guten Stube. Wassinke nahm eine Riechdose vom Eichenbüfett und füllte sie mit zerschnittenem Schilf. Das hatte er von weither besorgt.

Mit der einen Hand streichelte er Ruth das Gesicht und hielt ihr mit der anderen die Riechdose unter die Nase: »Machste die Oogen schön zu und schnupperst, und da biste am Teich wann immer de willst.«

Noch immer sind die Scheiben feucht: Als atmeten die dicken Wände des Teichhauses die Feuchtigkeit der letzten hundert Jahre aus. Die Nässe hockt in den Wänden, die Sperrschicht im Mauerwerk ist zerbröselt. Wassinke müßte etwas dagegen unternehmen. Die Grundwasserabsenkung für den Tagebau hat aber nicht nur den Teich, sondern auch das Haus trockengelegt. So drückt wenigstens kein neues Wasser nach, bis das Grundwasser wieder steigt oder der Bagger kommt. Nein, Wassinke wird sich mit dem Abbaggern nicht abfinden.

Er wäscht sich noch einmal die Hände. Die Trockenrisse der Seife sind schon glatt geschrappt. Das Waschbecken ist gleich neben dem Herd. Im Spiegel sieht er im Restlicht des versickernden Tages die willkürlichen Bewegungen seiner Kaumuskeln. Er fährt über die grauen Bartstoppeln. Aber er kann das Zucken nicht aufhalten.

Er setzt sich an den Tisch und will an nichts denken, deshalb zählt er die Ticker der Küchenuhr. Die Uhr geht ständig nach. Als sie Ruth geholt haben, hat einer den Sargdeckel an die Uhr gelehnt, dabei hat sich der Minutenzeiger verbogen und kratzt seitdem eine Spur in das Zwiebelmuster.

Inzwischen ist es dunkel. Wassinke tastet im obersten Schrank des Küchenbüfetts nach der Mehltüte und zieht dahinter eine Flasche Klaren hervor. Die ist halb leer. Er versteckt sie vor Johanna. Er schraubt den Dekkel auf und wischt mit dem Ärmel über die Flaschenöffnung. Dabei bleibt an dem Metallrest des Verschlusses Wolle hängen. Er setzt an und nimmt vier kräftige Hiebe. Die Fussel sind in den Mund gekommen und lassen sich nicht so einfach runterspülen. Also fischt er mit der Zunge danach. Schließlich hat er sie, geht vor die Tür und spuckt aus.

Da spürt er, daß etwas Ungewohntes da ist, etwas Fremdes. Er ist sich nicht sicher und sieht hinüber zu dem kleinen Hügel, in dem sich ein Gewölbe befindet. Wegen des hohen Grundwasserstandes haben die Vorfahren der Teichwirtschaft statt eines Kellers das Gewölbe gebaut. Bei der Finsternis erkennt Wassinke nicht einmal die Balkentür.

Es hätte doch wieder ein Hund hergemußt. Aber Wassinke wird hier keinen Hund mehr halten, denn der würde seinen Herrn überleben; Wassinke ist über siebzig. An den Tod darf er nicht denken, wer wird sich bei ihm, Waldemar Wassinke, um die Hälfte nach dem Tod kümmern? Sie werden ihn in fremder Erde verscharren. *Liegezeit* zwanzig Jahre, und danach? Wie soll sein Kreis sich schließen?

Wassinkes Beunruhigung wächst. Er geht schnell rein und schiebt den großen Eisenriegel vor. Den hat er vorgestern eingebaut, weil er seit der Klage immer wieder Drohbriefe bekommt. Wassinke hält die Luft an und horcht. Nichts. Oder doch? Ruth hatte sich immer gegen einen Zaun gesträubt: Wir sperren uns nicht selber ein!

Nach ihrem Tod wollte er möglichst wenig verändern. Es reicht zu, daß die Johanna jeden Tag Essen bringt.

Plötzlich wird es hell in der Küche. Wassinke schreckt zusammen. Das Licht kommt von den Scheinwerfern eines Autos. Ziemlich schnell für den schlechten Weg. Das Licht tastet sich näher und springt durch die Baumlücken am Teichdamm. Die Scheinwerfer verschwinden in einer Bodenwelle. Nach dem Auftauchen hält das Auto kurz, dann fährt es weiter.

Es ist ein flaches Auto mit Spoiler. Der Motor tuckert wie bei einem Traktor. Ein Mann steigt aus, sieht unter das Auto und flucht. Dann poltert er gegen die Tür.

»Was isn los?« fragt Wassinke nach draußen.

»Bollhagen, Kripo. Mordkommission!«

Wassinke schiebt den Riegel zurück. Bollhagen rennt gegen den niedrigen Türbalken. »Verdammte Scheiße!«

»Hier hängt der Himmel voller Balken. Muß man sich erst dran gewöhnen«, sagt Wassinke, »kurz abducken und dann Kopf wieder hoch.«

Bollhagen ist sauer. Erst den Auspuff abgerissen und nun noch eine Beule am Kopf. Die Sportwagenattrappe ist auch von Mona. Ihre Mitgift, hat sie gesagt. Stammt von diesem aufgeblasenen Grossling. Der wird mit seinem Bauch nicht mehr hinters Lenkrad gepaßt haben. Deshalb hat er die Karre Mona mitgegeben. Frißt Sprit ohne Ende, und man hockt drin wie beim Start einer Raumkapsel. Na ja, wird sie halt rumzetern, weil er nicht den Dienstwagen genommen hat.

Bollhagen niest. Die muffige Luft. Könnte eigentlich froh sein, der Wassinke, kriegt für die Hütte ein piekfeines Haus. »Wohl bekomms«, sagt Wassinke.

»Danke. Sie haben gehört von der Sache mit dem Bürgermeister?«

»Hm.«

»War Ihr Freund!«

»Sagen wir, Verbündeter.«

»Okay. Aber Sie kannten sich gut.«

»Wann kennt man jemanden gut.«

»Mann, ich bin nicht zum Philosophieren hier. Ich suche einen Mörder!«

»Entschuldigung. Ich will gern helfen.«

»Schön. Wem trauen Sie so was zu?«

»Allen!«

»Ein bißchen viele Mörder.«

»Allen, die für die Kohle sind!«

»Das sind die meisten hier, bis auf die Wolkenberger.«

»Eben.«

»Der nächste können Sie sein!«

»Ich weiß.«

»Deshalb der neue Riegel?«

»Ja.«

»Hat Sie schon jemand bedroht?«

»Ja.«

»Wer?«

»Alle. Alle, die für die Kohle sind.«

»Da wird der Riegel nicht helfen.«

»Eben!«

Weiter kommt Bollhagen nicht. So ein sturer Kerl. Sieht ja auch aus hier. Die Socken auf dem Küchenstuhl, dreckiges Geschirr, immerhin zwei Teller. Hat der doch noch eine Frau?

»Bringt mir eine Bekannte, das Essen«, sagt Wassinke.

Die darf nicht empfindlich sein, denkt Bollhagen. Die Zahnbürste liegt auf dem Rand des schmuddeligen Waschbeckens. Fehlt nur unterm Tisch ein Köter, der stinkt und überall haart. Aber einen Hund sucht Bollhagen vergebens. Dafür entdeckt er noch ein angegammeltes Stück Pflaumenkuchen.

»Soll ich jemand als Schutz herschicken?« fragt Bollhagen.

»Son Quatsch! Ich will doch kein Bundeskanzler sein. Immer een vor der Türe stehn ham.«

»Also dann fahre ich jetzt!«

»Meinetwegen hätten Se nicht komm brauchen!«

Na ja, wenn der Kerl nicht so stur wäre, hätte er auch nicht geklagt. Bollhagen wird sich wegen dem nicht noch ein Bein ausreißen. Der Auspuff genügt. Er wird sich für die Diskussion mit Mona wappnen. Und fertig.

Er geht raus. Wassinke bringt ihn. Bollhagen läßt den Motor an. Wassinke schreit fast: »Tut mir leid mit Ihrm Auspuff. Fahrn eben kaum Autos lang.«

»Und Sie?«

»Moped!«

Das steht im Scheinwerferlicht. »Mensch, Es-Err zwo!« Bollhagen ist begeistert. Er stellt den Motor noch mal ab und steigt aus. Im Licht der Scheinwerfer ziehen die Abgasschwaden davon. »Wie bei den Puhdys auf der Bühne, der Nebel«, sagt Bollhagen.

»Alt wie ein Baum« kann Bollhagen halbwegs auf seinem Keyboard spielen, bei »Geh zu ihr und laß deinen Drachen steigen« verhaspelt er sich öfter. Bollhagen spielt gern, nur zuhören will außer ihm niemand.

Inzwischen ist er bei Wassinkes Moped angekommen: »Wow, der Es-Err! Auf so einem Ding habe ich meine ersten Runden gedreht. Im Wald. Ohne Fahrerlaubnis. Ohren angelegt und los. Steherrennen über die Wurzeln. Damits einem nicht die Eier zerkloppt. Das waren noch Zeiten!«

»Ich kenne noch andere.« Es hat wirklich keinen Zweck mit diesem Wassinke. Jetzt ist endgültig Abfahrt.

Mit dem also werde ich es zu tun haben, denken Bollhagen und Wassinke vom jeweils anderen, und jeder packt zu dieser Feststellung gewisse Befürchtungen.

Wassinke stützt sich auf sein Moped und hält die Luft an. Er hört entfernt noch den Motor des Kommissar-Autos. Aber das ist das einzige Geräusch, das nicht hierher paßt.

Bollhagen holpert in Monas bespoilertem Auto mit fünf bis sieben Kilometern pro Stunde durch den Wald.

Schon eine halbe Stunde lang klemmt er seit Wassinke hinter dem Lenkrad und hat Angst. Angst vor diesem dumpfen Scheppern, wenn der Wagen wieder aufsetzt. Der Weg buckelt zwischen zwei ausgefahrenen Spuren. Die weiche Federung schaukelt jedes Loch und jede Wurzel zu einem Gebirge auf. Bollhagens Schultermuskeln verspannen sich vor Anstrengung.

Früher als Jungs haben sie bei jedem parkenden Westauto, das sie aufstöbern konnten, die Schaukelprobe gemacht. Sie drückten mit einer Hand das Heck nach unten, und je leichter das Auto wippte, um so westautoiger war es eben. Es gab einen Wettbewerb, wessen Onkel das wippigste Auto hatte. Werner Lupsch war dreimal hintereinander Sieger. Sein Onkel reiste mit einem Opel Commodore – rot mit weißem Dach – in die Deutsche Demokratische Republik ein. Der Lupsch-Westonkel stolzte ständig um seinen »Waaagen«. Schon diese Aussprache mit »Waaagen« besonderte dieses Vehikel gegenüber den Trabis, Wartburgs und Moskwitschs vor dem Neubaublock.

Generös gab der Onkel ein bißchen Glanz von seinem Wagen an den Neffen Werner ab, in der Gewißheit, daß diese Glanzstrahlen – noch stärker geworden – wieder zu ihm zurückkehren würden.

Werner war von allen, auch von den Mädchen, Werni genannt worden. Eine solche Lusche war das. In der Onkelbesuchszeit wernerte es jedoch von überall her: »Werner, wo steht denn das Auto von deim Onkel. Is der Commodore weggeflitzt, Werner? Werner, wolln wa nich ma een Gang zu deim Onkel sein Waaagen machen ...« Und nach der Onkel-Verabschiedung hieß es dann: »Der Werni is genauso weich wie die Federung von der Westkarre.« Oder: »Im Offschneiden hat Werni sein Onkel längst überholt«, was eine Umkehrung der guten alten Partei-Aufholjagd-Parole »Überholen ohne einzuholen« war. Werni hat diese Parole später noch perfektioniert. Er hat gleich den überholenden Osten samt dem Westen überholt und sitzt heute im Bundestag.

Wernis Westonkel gestattete der ganzen Auto-Wipp-Mannschaft, Trockenübungen in seinem Commodore abzuhalten. Trocken ging es allerdings nicht zu, denn beim Nachahmen des Motorengeräusches sprudelte aus den Jungslippen reichlich Spucke. Das einzige, was echt ging, war die Hupe. Auf die hatte Bollhagen nämlich gedrückt, als der Staatsbürgerkundelehrer der Ersten Stunde, Hanno Hatzke, vorbeigeradelt war. Der speichendünne Hatzke zuckte unter seiner Wagenradbrille vorerst nicht mal mit der Wimper und fuhr mit durchgedrücktem Kreuz weiter. Er war auf Überfälle und Hinterlistigkeiten des Klassenfeinds eingestellt. Das Automobil als Trojanisches Pferd des Klassenfeinds.

Mit solchen Aufmüpfigkeiten hatte Bollhagen seinen Rückstand bei den Wippwettbewerben wettmachen wollen, denn da war er chancenlos: Sein West-Onkel tauchte nicht auf; nicht im Auto, nicht im Zug, nicht als Paketabsender; nichts und nirgends, nur im Lebenslauf der Mutter. Und das war hinderlich genug. Bollhagens Mutter hatte sich mehrfach gegen ihren Bruder entschieden. Das erste Mal, als der in den Westen gegangen und sie bei ihrem Egon geblieben war. »Ich mach nich mit rüber«, hatte sie dem Bruder gesagt, der sie Woche um Woche mit immer goldigeren Erzählungen vom Westen hatte überzeugen wollen. Das: »Ich bleibe« von

Bollhagens Mutter ist über die Jahre das einzig Feststehende an der Aussage geblieben, den Rest paßte sie den jeweiligen Gegebenheiten an: »… bei meiner Republik!«, »… bei meim Egon!«, »bei meiner Gymnastikgruppe!«.

Die letztgültige Variante ist die längste, was an den Kehrtwendungen der geschichtlichen Entwicklung liegt: »Ich wollte meinen Egon nicht dem Reschiem überlassen. Und nachm siebzehnten Juni dreiundfuffzig ham wa alle gedacht, mit der DeDeeR das geht nicht mehr lange. Und als es dann länger ging, als wir gedacht haben, wars zu späte. Da hab ich drinne gesessen in der Falle! Bei meim Egon!«

Bollhagen dreht die Autoheizung bis zum Anschlag auf. Das Gebläse heult auf höchster Stufe, dazu hat er das Beifahrerfenster offen, weil er den muffigen Geruch von Wassinkes Wohnung nicht aus seinen Klamotten und seiner Nase bekommt. Die Lichtkegel des Autos beschreiben eine ungleichmäßige Wellenlinie an den Stämmen der hochgewachsenen Kiefern. Bollhagen muß nicht nur auf die Schlaglöcher und die Höhe des Wegbuckels achten, sondern auch auf heruntergefallene Äste. Die Bäume sind hier alle braun. Der Tagebau hat ihnen längst das Wasser abgegraben. Der Kiefernspanner tut ein übriges, er hat bei den geschwächten Bäumen leichtes Spiel.

Soll froh sein, der alte Wassinke, wenn er für seinen dürren Wald noch was kriegt.

Es ist Wind aufgekommen, und Büschel von Kiefernnadeln klatschen an die Scheibe. Als guter Kommissar müßte er jetzt den Stand der Ermittlungen resümieren, aber erstens gibt es da noch nicht viel zum Zusammenfassen und Wiederholen und zweitens, was viel schlimmer ist: Bollhagen verspürt Hunger. Auf ein warmes Essen. Auch das noch. Da ist bei Mona nichts zu erwarten. Sie wehrt sich gegen jede Hausfrauentätigkeit, und das nervt Bollhagen zunehmend. Wird er langsam filzlatschig?

Er war so scharf auf Mona, als sie noch unerreichbar schien und eine Inszenierung an der Seite von Grossling war. Die beiden fielen in jeder Menschenmenge auf, der kugelrunde Grossling mit seiner leuchtenden Glatze und Mona mit ihren rot gefärbten Haaren und ihren Trippelschritten. Bollhagen ist zu Ausstellungseröffnungen gerannt und hat Phrasen aus Kunstkritiken auswendig gelernt. Und bei einer dieser endlosen Kunstdiskussionen in Grosslings Atelier ist es ihm schließlich gelungen, Mona in ein ruhiges Zimmer zu manövrieren. Zuvor hatte er sie mit Rotwein abgefüllt. In dem Zimmer befand sich Grosslings Warenlager. Zwischen den Gemäldestapeln lagen Matratzen. Bollhagen goß Rotwein nach und erzählte Mona etwas vom Punkt in der Kunst, der alles auf den Punkt bringt. Mittendrin sagte Mona: »Genau das ist es, was mich nervt, dieses sinnlose Kunstgequatsche.«

Bollhagen lachte und sprudelte dabei Rotwein auf eins der Grossling-Bilder. Mona nahm einen Pinsel und übermalte den Fleck mit Schwarz und setzte noch ein paar Kreise in Grossling-Manier hinzu. »Das merkt der nicht mal, wetten!«

Jetzt war Mona ein Stern, nach dem er greifen konnte: »Zu mir. Wir gehen zu mir. Das ist garantiert ohne jede Kunst«, sagte Bollhagen.

Später überraschte ihn ihre hemmungslose Geilheit.

Mona unterrichtete ihn über die Auswirkungen jeder seiner Bewegungen und machte Verbesserungsvorschläge und feuerte an. Eine Frau, die beim Bumsen ununterbrochen redet. Das kannte er bis dahin noch gar nicht. Und was interessierten Bollhagen da Monas Hausfrauenfähigkeiten!

Allmählich aber verwandelte sich Mona an Bollhagens Seite in eine Graue Maus. Nimmt sie meine Gestalt an? grübelt Bollhagen. Ach was, das mit der gemeinsamen Wohnung war einfach ein Fehler!

Bollhagen ist endlich an der sogenannten Spinnen-Kreuzung. Er schreckt auf, irgend etwas Großes, durchaus Menschenähnliches huscht vor ihm über die Straße. Bollhagen hält an und steigt aus. Er kramt im Handschuhfach nach der Taschenlampe. Endlich findet er sie. Aber das ist egal. Der Akku ist leer. Eine Taschenlampe im Auto ist Unsinn. Wenn du sie brauchst, ist die Batterie runter.

Bollhagen fährt zurück und stellt das Auto etwas schräg. Im Lichtfeld der Scheinwerfer entdeckt er … ein Fahrrad. Bollhagen geht hin. Schrott, denkt er, billig entsorgt. Er bückt sich und stutzt: Sieht aus, als wäre der Radfahrer umgefallen. Der Abdruck des Hinterns im Sand erinnert an einen Meteoriteneinschlag.

Verdammt großer Arsch! Bollhagen formt die Hände zum Trichter und schreit in den Wald: »Hallo! Ist da jemand?!« Natürlich antwortet keiner, der Wald rauscht unbeirrt weiter. Bollhagen ärgert sich über seine Blödheit.

Plötzlich mischt sich in den Wind ein Geruch, den er kennt. Bei Gerüchen ist er empfindlich. Die Probe, ob etwas gut oder schlecht ist, macht er grundsätzlich mit der Nase. Er schnüffelt an allem. An allem! Bollhagen entdeckt ein Stückchen weg vom Fahrrad die Geruchsquelle: eine Tasche. Daraus riecht es nach Hammel und grünen Bohnen, wie bei dem sturen Alten.

Da ist also eine Spur von dem zweiten Esser bei Wassinke. Mal auf den Zahn fühlen. Aus ermittlungstaktischen Gründen und wohl auch, um Wassinke eins auszuwischen, lädt er das Fahrrad in den Kofferraum. Um den sperrigen Lenker mit seinen hochgezogenen Griffen wickelt er eine Decke, damit es keinen Kratzer am Auto gibt.

Bollhagen fährt wieder los. Zu viel Aufwand, die Fahrradmitnahme? Ach was, wie oft hat ihn die Erfahrung gelehrt, alle Spuren zu sammeln, seien sie auch noch so abwegig. Immerhin war in dieser Gegend heute ein brutaler Mörder unterwegs. War? Er ist vorsichtig und schaltet zusätzlich die Nebelscheinwerfer ein.

Johanna beobachtet Bollhagens Abfahrt aus sicherer Deckung. Ihr Herz pocht gegen das Moos, auf dem sie liegt. Nun krabbelt auch noch die Nase. Sie vergräbt das Gesicht in ihr buntes Taschentuch, das eigentlich ein Wischtuch ist. Sie niest. Eine Erkältung vom Herumliegen auf dem Waldboden? Wird schon nischt Ernstes sein, macht sie sich Mut. Jedenfalls hat sie den gesehen, der sie vom Fahrrad geschubst hat. Sie wird zur Polizei gehen. Immerhin, die Autonummer hat sie. Zahlen merkt sie sich gut.

Johanna dreht sich auf den Rücken und massiert ihre Knie, um sie für die Aufstehprozedur zu rüsten.

Jessus Maria, wien Maikäfer offm Rücken!

Sie kullert in eine bessere Ausgangslage und zieht sich an einem stachligen Kiefernast hoch.

Wie amputiert is man ohne Rad, stellt sie fest und muß erst verschnaufen.

Johannas Gelenke hat der liebe Herrgott nun mal mehr nach ihrem Jungmädchengewicht ausgerichtet. Und diese Gelenke sticheln jetzt gegen die übergewichtige Beanspruchung. Und zum zweiten Mal so kurz hintereinander glaubt sie an ihre himmlische Behütung: Von hinten tasten die Scheinwerfer eines Autos heran. Johanna bleibt bollwerkartig auf der Wegmitte stehen. Das Auto hält. Sie geht nicht an das Seitenfenster, da würde sie ja den Weg leichtfertig freigeben. Sie wartet geduldig, bis der Fahrer aussteigt.

»Sie tun mir nischte nich?« und im Scheinwerferlicht dann: »Sie …? Sie ham doch schon vor meim Haus an der Laterne gehang!« Das anfängliche Fragezeichen hinter dem Sie weicht einem Ausrufezeichen: »Sie tun mir nischte nich!«

Der Mann freut sich über diese Ehrfurcht wie ein abgetakelter Schlagerstar, den man von Möbelhauseröffnungen und Betriebsfeiern kennt. Aber dieser Mann singt nicht von Berufs wegen, sondern regiert. Es ist der Bundestagsabgeordnete Werner Lupsch, und eines seiner Wahlplakate hing an der Peitschenlampe vor Johannas Haus.

Johanna plumpst auf den lederbezogenen Sitz des Mercedes, holt den Mantel ein wie ein Fischer sein Netz und gibt die Richtung an: »Off die Polizei!« Lupsch bleibt weiter nichts übrig; er legt den Gang ein und holpert mit Johanna davon.

Die schmale Mondsichel über der Spinnen-Kreuzung taucht in die Wolken eines neuen Tiefdruckgebiets ab. Noch einmal knirschen Schritte. Wenig später startet ein Auto. Es fährt ohne Licht. Niemand ist da, um sich zu wundern. Nachdem sich die Motorengeräusche in der Nacht verloren haben, unterbricht nur noch ein Käuzchen die Stille.

Der Scheibenwischer rumpelt und zerschliert das Bild der Stadt, die Bollhagen auf der Haupteinfallstraße erreicht. Da, wo vor anderen Städten der Welt eine Parklasche mit Stadtplan ist, steht ein großes Schild, von dem nachsichtig ein zeitloser Postillion lächelt. Die lichtlosen Plattenbauten ringsum, errichtet für die Arbeiter des Kohle- und Energiebezirks, warten auf ihren Abriß. Bollhagen holpert auf die Linksabbiegespur. Am Krankenhaus ist noch immer der Gullydeckel locker, und Bollhagen erschrickt über das Scheppern, und die Leute in den Betten ringsum erschrecken bestimmt auch. Ab hier sucht Bollhagen einen Parkplatz. Vierzigtausend Einwohner kehrten seit 1990 der Stadt den Rücken, und nur eine aggressive Eingemeindungspolitik rettete bislang den Großstadtstatus. Trotzdem stehen immer mehr Autos rum, und einer wie Bollhagen, der oft erst spät in der Nacht heimkommt, ist nicht selten der Gelackmeierte. Zum Glück erspäht er zwischen einem Ford Fiesta und einem Trabi-Urgestein eine rettende Lücke. Rückwärts einparken ist nicht seine Sache, und vorwärts bleibt das Heck noch halb auf der Straße. Wird schon keiner gegenfahren. Beim Ausladen des Fahrrads erweist sich die Schräglage als Vorteil, denn zur Straße gibt es mehr Bewegungsspielraum.

Wenigstens nutzt ihm das Rad jetzt was: Er steigt auf und radelt los. Bollhagens Neubaublock überragt alles. Obenauf leuchtschriftete in Ostzeiten: DER SOZIA-

LISMUS SIEGT. Aber der Schrift fielen die Buchstaben aus wie dem Sozialismus die Zähne.

Die Stadt-Parteileitung hatte Bollhagens Vater zum Verantwortlichen für die Losungs-Erneuerung bestimmt. Keine leichte Sache, weil nicht der Bedarf über die zu ersetzenden Buchstaben entschied, sondern die Planwirtschaft. Das Alphabet war also nicht beliebig beschaffbar. Zunächst sah es schlecht aus, der Vater bekam nur vier mal zwei »Ü's« und 25 »Z's« zusammen. Die »Z's« erwiesen sich als eine überaus glückliche Fügung, weil so mit der jeweiligen Nummer davor – und Zahlen gab es problemlos – die jeweiligen ZK-Tagungen angezeigt werden konnten. Und das Zentralkomitee tagte oft, und die Beschlüsse waren jedesmal bahnbrechend und leuchtschriftgewichtig. Jetzt ist Ruhe. Jetzt dreht dort oben die DEUTSCHE BANK, wie geschmiert, in alle Himmelsrichtungen. Ein für allemal.

Bollhagen biegt in den Innenhof des Neubaublocks ein. Vorschriftsmäßig hält er die Hand raus. Als würde das jemand interessieren, wohin der Bollhagen mitten in der Nacht abbiegt. Das Drei-Seiten-Karree fängt den Wind ein. Aus der Durchfahrt düst er wieder ins Freie. Bollhagen beugt sich über den Lenker. Papier fetzt in die Speichen. Als Bollhagen den Kopf wieder hochnimmt, entdeckt er Mona am Atelierfenster. Hat sie auf ihn gewartet?

Der Neubaublock ist fünfzehn Stockwerke hoch und hat die Form eines U mit überlangem Querstrich, also mehr wie eine Klammer beim Klammeraffen. Die lange Seite dehnt sich über drei Straßenbahnhaltestellen aus. Zur Auflockerung der Front bekam die Mitte einen Turm, unter dem sich eine senkrechte Zeile mit Glasfenstern, die zu Atelierwohnungen gehören, erstreckt. Ansiedlung von Künstlern im Kohle- und Energiebezirk hieß Anfang der achtziger Jahre das Programm, das diese Abweichung von der sozialistischen Neubauroutine ermöglichte.

Aus den Atelierfenstern hat man einen direkten Blick auf die nicht neubaubeblockte Seite. Dort sieht man den Rangierbahnhof und eine Brauerei. Deren Bier kannte früher keine Reinheitsgebote, sondern nur Devisenspargebote. Und auf dem Rangierbahnhof war mächtig was los: Trillerpfeifen, das Aneinanderknallen der Waggons, das Stampfen der Dampfloks und das Heulen der Dieselloks. Je weiter oben die Künstler wohnten, um so mehr Stadt hatten sie dahinter im Blick. Sozialistischer Realismus.

Mit der Deutschen Einheit erstarben die Rangierbewegungen, und die Brauerei mutierte über Getränkelager, Teppichverkaufsstelle und Möbellager zur Ruine. Und just, da Ruhe einkehrte, zogen die Künstler aus, denn mit dem Lärm verschwand die künstlerische Geborgenheit. Nicht mal mehr eine Dampflok pfiff auf die Künstler. Niemand organisierte Brigadegespräche im Atelier, und keine Kantine verlangte nach einem monumentalen Fries. Bald waren alle Künstler weg, und Bollhagen, kraft seines gesicherten Einkommens, zog in das Atelier ganz unten ein.

Jetzt betätigt er mit dem rechten Daumen die heisere Fahrradklingel und winkt mit der linken Hand Mona zu. Sie schüttelt wegen seiner Krachmacherei ihren Rotschopf und klappst mit der flachen Hand an die Stirn. Dabei sperrt ihr Bademantel auf. Sie hat nichts drunter, nicht mal ein Dreieck, sie rasiert sich. Eine Marotte, die ihr Grossling eingeredet hatte. Auch Bollhagen findet das attraktiv.

Er hebt das Rad die Treppe zum Eingang hoch und beginnt nach der dritten Stufe zu hecheln. Regelmäßig Sport, nimmt er sich in solchen Situationen vor. Ehe die Sucherei nach dem Schlüssel anfängt, summt Mona die Haustür auf.

Drinnen steht Bollhagen in der Toscana. Die hier wohnenden DDR-Künstler malten ihre große Sehnsucht in den Hausflur. Sie kombinierten ihr Sehnsuchtsbild mit aufregenden Aktdarstellungen, die von Nicht-Künstlern nachträglich mit schweinischen Sprüchen kommentiert wurden. Den klapprigen Fahrstuhl läßt Bollhagen links liegen. Er schafft das Rad in den Kellerverschlag. Dann folgt die immergleiche Feierabend-Eröffnung: Bollhagen stellt die Schuhe vor die Tür und fühlt den Kokosabtreter durch die Socken kratzen. Er biegt, eine Art Schutzreflex, die Zehen nach unten, hängt die Jacke an die IKEA-Hutablage *Nyland* und steuert den Atelierraum an. Auf dem Linoleum im Flur bleiben die Schweißabdrücke der Füße zurück. Er macht die Ateliertür auf. Die neue, knallbunte Wohnlandschaft leuchtet ihn an. Und Mona thront darin. Seit zwei Tagen ist diese Wohnlandschaft aus Plüsch und Polstern und knalligen Farben Monas ganzer Stolz. Wie eine Insel schwimmt dieser Fremdkörper in Bollhagens Wohnung; ist das ein Kuckucksei im eigenen Nest? »Mein Anker bei dir«, hatte Mona gesagt, als sie ihm die Anschaffung präsentierte. »Ein Koffer ist schnell vor die Tür gesetzt, aber das Ding …«

Da wußte Bollhagen, daß irgendwas falsch gelaufen war. Er hatte zu lasch reagiert bei den kleinen Inbesitznahmen, angefangen bei dem Plakat an der Wohnungstür mit dem Wolfgang-Koeppen-Zitat »Mein Ziel war die Ziellosigkeit« bis zu der Sache mit dem Katzenvieh.

Aber heute liegt was Besonderes in der Luft. »In der Küche sind Steaks«, sagt Mona.

»Du meinst im Kühlschrank!«

»Nein, in der Pfanne! Zur Feier des Tages.«

»Bei Eheleuten ist das dann der vergessene Hochzeitstag.«

»So ähnlich. Ein Jahr sind wir heute zusammen!«

»Was du dir alles merkst!«

»Du bist der erste Mann, bei dem ich bleiben will!« Bevor Rührseligkeit aufflammt, setzt sie hinzu: »Mir bleibt nicht viel mehr übrig!« Das klingt für Bollhagen ein bißchen nach Drohung. Er dreht jetzt lieber ab in die Küche. »Riesenhunger«, sagt er im Gehen. Die Steaks sind kalt und hart geworden. Bollhagen raspelt mit dem Messer gleich in der Pfanne mühsam ein Stück Fleisch ab, steckt es in den Mund und kaut und holt eine Gabel voll schwarz gebrannter Zwiebelstücken nach, die zwischen den Zähnen knirschen. Und Bollhagen kaut und kaut, dann schluckt er das Fleisch hinter, seine Augen quellen dabei unter den Augenlidern hervor. Monas Kater Hugo sitzt in seiner Ecke und sieht Bollhagen interessiert zu. Sein braun-weiß geschippertes Fell könnte einer Affäre von Perserkatze und Schaf entstammen, und es haart und haart. Bollhagen möchte wissen, wie der Kater mit Monas Kochkünsten fertig wird, und schnipst ein Stück von der Gabel. Hugo fängt es in der Luft, rapscht einmal und würgt das Fleisch ungekaut runter.

Das Tier war zugelaufen, im wahrsten Sinn des Wortes. Eines Tages hatte es vor der Wohnungstür gesessen und jämmerlich miaut. Mona brauchte nur die Tür einen Spalt weit aufzumachen, und Bollhagen hatte wieder ein Stück Hoheit über seine Wohnung verloren. Mona hatte das Tier gleich als Kater ausgemacht und Bollhagen eingelullt: »Da habe ich tagsüber jemanden um mich. Und wie beim gestiefelten Kater denke ich, das ist der verwandelte Bruno.«

»Der gestiefelte Kater hat immerhin gesiegt und das Böse aufgefressen.«

»Typisch Mann, du denkst nur in Sieg-und-Niederlagen-Kategorien.«

»Das ist die rauhe Wirklichkeit, liebes Mäuschen, jagen oder gejagt werden!« Und Bollhagen begann zu schnurren und die Maus Mona zu jagen. So hatten Mona und der Kater Hugo gewonnen. Die Benamsung mit Hugo kam ebenfalls von Mona. Ein ungewöhnlicher Kater braucht einen ungewöhnlichen Namen, begründete sie. Bollhagen sucht seitdem allerdings in ihrer Vergangenheit nach einem Verflossenen namens Hugo. Eifersucht? Das streitet Bollhagen ganz entschieden ab.

Bollhagen schnurpst die letzten Zwiebeln weg. Mona liegt schon im Bett. Eingeschnappt. Es wird immer nerviger. Seinen Schlafanzug hat sie auf die Wohnlandschaft geschmissen. Aha, will nicht gestört werden, Madame. Bollhagen zieht den Schlafanzug über, schaltet den CD-Spieler an und lümmelt sich in die Wohnlandschaft. Die ächzt. Billiger Dreck, denkt Bollhagen, aber da lassen die Puhdys schon ihren Drachen steigen. Das heißt, Bollhagen läßt den der Puhdys auf seinem Keyboard steigen. Das Lied hat er vorige Woche, in original

Bruno-Bollhagen-Version, eingespielt und auf die CD gebrannt. Aber Bollhagens Drachen hat einige Absacker. Er analysiert die Stellen.

Da klingelt es. Mitten in der Nacht! Mona rührt sich nicht. Es klingelt wieder. Bollhagen muß etwas unternehmen. Er steht auf, geht an die Wechselsprechanlage und drückt den Lautsprecherknopf.

»Polizei!« hallt es von unten. »Wir suchen den Fahrer des PeKaWe …«

Bollhagen drückt den Türöffner. Er denkt bei einem Polizisten an nichts Arges. Wie auch. Aber beunruhigt ist er auch über dieses nächtliche Polizeiaufgebot. Hat er falsch geparkt? Ein bißchen schräg vielleicht … Mona steht im kuscheligen Pyjama in der Schlafstubentür. »Was hast du mit meinem Auto angestellt?« Schon dieser vorwurfsvolle Ton reizt ihn.

Der Fahrstuhl hält polternd. Bollhagen öffnet die Wohnungstür. Zwei uniformierte Polizisten treten in den Gang. Bollhagen weiß genau, daß die Nachbarn längst durch ihre Spione spähen.

Bei dem dickeren der beiden Polizisten klemmt zwischen Mützenschirm und Uniformkragen eine große viereckige Hornrandbrille wie das offene Visier eines Panzers. Der Mann tippt mit zwei Fingern lässig an den Mützenrand: »Greiner, Entschuldigung! Es geht um die Klärung eines Sachverhalts …«

»Na ja, habe das Auto wohl ein bißchen schräg auf der Straße stehen …«, will ihn Bollhagen entwaffnen. Aber da ist er schon in eine Falle getappt. »Aha«, sagt Greiner. Sie also sind der Fahrer des PeKaWe mit dem amtlichen Kennzeichen … ?!«

»Ja, nun macht mal keinen Aufriß, Kollegen!«

»Kollege?«

»Bollhagen, Mordkommission.«

Der andere Polizist sagt: »Ein Wirrwarr!« Dabei rollt er die R's, wie sie nur ein waschechter Oberlausitzer zu rollen vermag. Und nun sagt er einen der wenigen Sätze ohne R in seinem Leben: »Eine Geschädigte hat gegen Sie ausgesagt!«

Greiner erinnert sich gut an Bollhagen, der ihn vor versammelter Mannschaft mal zur Schnecke gemacht hat. Dem wird er es zeigen, von wegen gemütlich mit Mutti ins Heiabettchen. »Sozusagen versuchte Körperverletzung und Fahrraddiebstahl.« Wirrwarr versucht zu entschärfen: »So die Frrrau.«

Mona ruft aufs Stichwort aus der halboffenen Schlafzimmertür: »Ich hatte mich schon gewundert, wo du das Fahrrad herhast.«

Ehe Bollhagen reagiert, zieht Greiner seinen größten Trumpf: »Am besten, wir klären das auf dem Revier.«

Wirrwarr wird es immer ungeheuerlicher: »Sicherrr ein Irrrrrtum!« Bollhagen ist sauer, aber das Fahrrad und die Frau sind ja auch für die Ermittlungen wichtig. Er geht in die Schlafstube, um sich anzuziehen. Dazu muß er Licht machen. Die beiden Polizisten warten und versuchen, einen Zipfel von Mona zu erhaschen. Der Oberlausitzer Wichtelmann stellt sich sogar auf die Zehenspitzen. Seine Schuhe knarren verräterisch. Bollhagen malt sich bereits seinen Rachefeldzug gegen diese Arschgeigen aus.

Draußen, im hochhausumstellten Innenhof, steht der Streifenwagen. Das Blaulicht nuddelt noch seine Runden und hat Neugierige an die Fenster gerufen. Vielleicht ist ein echter Mord im Gange, und die Fernsehleute suchen echte Augenzeugen. Endlich mal selber im Fernsehen kommen.

Aber die Leute sehen nur Bollhagen, den viele kennen, flankiert von zwei uniformierten Polizisten. Sieht ganz nach Verhaftung aus. Vielleicht Korruption. Oder … der wird doch nich seine Freundin umgebracht ham? Von Fenster zu Fenster fliegen Verdächtigungen wie die Tauben. Man einigt sich auf Bestechlichkeit im Amte.

Johanna sitzt auf dem Revier. Die alte Dampfheizung gluckst vor sich hin. Und Johanna versucht den Tag einzuordnen: War das nun ein Glückstag oder eener von den arschigen Tagen? In ihre Überlegungen platzt ein milchbärtiger Polizeianwärter. »Käffchen, Oma?«

»Gerne, und scheen heeß, Jungchen!«

»Milch?«

»Nee, schwarz wie die Nacht.«

Johanna schlürft, verdreht die Augen und schlägt den Kaffee zu ihrem Glückskonto: »Is ja richtcher!« Waldemar kocht nur Muckefuck. Sie wird übermütig: »Den sein Geiz gewöhn ichn ooch noch ab, nu, wo er mich schon einladen tut!«

Wieder das Jungchen. Die Polizeimütze keck im Nacken, baut er sich vor Johanna auf:

»Abrahkadabra, ich bin der Zauberer vom Revier vier!
Hinter dieser Tür liegt die Welt zu Füßen dir!«

Er öffnet eine Schranktür, und schon hat sich die Polizeiwache in ein komfortables Fernsehzimmer verwandelt. Der Polizei-Zauberer drückt Johanna eine Fernbedienung in die Hand.

»Was Scheenes bitte. So bissel mit Trachten und Musike.«

»Einfach drücken, Oma!«

Das tut Johanna, deren Aufregung nun vollends in Gemütlichkeit umgeschlagen ist. Allerdings erwischt sie nichts mit Volksmusik, sondern nur Nachrichten. Börsenberichte. Johanna ärgert sich über den falschen Sender. Wo sie endlich mal ein Bild ohne Flimmern hat. Nicht wie zu Hause, wo Heinzens alte Antenne mühsam drei Sender aus der Luft fängt. Plötzlich taucht Waldemar im Fernseher auf. Een olles Foto von ihm, findet Johanna.

»Das ist der Mann, der alles auslöste: Waldemar Wassinke. Heute purzelten die Aktien erdrutschartig ins Minus. Mit der Übernahme des ostdeutschen Tagebaubetriebs durch die schwedische *Fjellfall* und dem Streit um die Abbaggerung des Dorfes Wolkenberg bei äußerst angespannter Wasserhaushaltslage in dem Tagebaugebiet sind die *Fjellfall*-Aktien keinen Pfifferling mehr wert.« Schnitt auf den Moderator, der mit bedrückter Stimme fortfährt: »Heute gab es dort sogar einen Mord an dem Bürgermeister, der den Widerstand organisiert hatte. Leider stehen uns davon keine Bilder zur Verfügung. Waldemar Wassinke lehnte ein Interview ab.«

Johanna verschüttet vor Aufregung einen kräftigen Schluck Kaffee. Ab jetzt begleitet eine Tropfspur ihre Trinkbewegungen.

Der Polizeianwärter verkündet derweil im Gemeinschaftsraum: »Unsre Oma guckt die Börse!«

Greiner führt Bollhagen im Revier vor. Die Kollegen dort stoßen einander an und gehen lieber in Deckung.

Greiner holt Johanna aus dem Nebenzimmer. Die sieht Bollhagen und fängt an zu zittern: »Das issa«, sagt sie und zielt mit ihrem gichtgeschwollenen Zeigefinger auf Bollhagen. »Der hat mir das Rad geklaut und mich vorher runtergeschubst. Bin groade noch heile offgekomm.« Und jetzt kommt der Satz mit dem lieben Gott: »Als hätte mir der liebe Gott am Schlawittchen gefaßt!«

»Sehe ich so aus, als würde ich alte Frauen vom Fahrrad schubsen?« poltert Bollhagen. Und Greiner: »Ums Aussehen geht es nicht.« Bollhagen erklärt und rechtfertigt sich wie einer seiner Verdächtigen, fängt an zu stottern und verstrickt sich in Widersprüche. Ständig verwechselt er die Straßennamen.

»Ein Wirrwarr!« Der oberlausitzsche Wichtelmann sagt das so, daß sogar die Kaffeetassen mitvibrieren. Wirrwarr ist wirklich sein schönstes Wort. Bollhagen schüttelt den Kopf. Er fährt mit der rechten Zeigefingerkuppe auf dem Tisch die Ringe der Kaffeetassen nach. Haut mit der flachen Hand drauf und macht dem Ganzen ein Ende: »Feierabend!«

Er bietet der verdutzten Johanna den Arm an: »Ich fahre Sie nach Hause, samt Fahrrad.« Johanna hat noch nie ein Mann seinen Arm angeboten. Nicht mal beim Tanzstundenball. Lammfromm zuckelt sie neben Bollhagen her. Der hält an der Tür noch einen Nach-Schluß-Monolog: »Das kennt ihr vom Fernsehen, Mordkommission, ein Leben wie Manfred Krug: Immer einen Scherz auf den Lippen und zwischen den Zähnen eine Currywurst, weil immer Pommesbude und zwischendurch Kaffeeschlürfen und mal ein Nickerchen am Schreibtisch und dicke Zigarren und den Täter am Ende sowieso, wie bescheuert die Story auch ist, immer gibt es einen Täter, egal ob das alles zueinander paßt oder nicht. Im richtigen Mord-Leben muß aber alles zusammenpassen. Und ihr Trottel könnt morgen mit ins Leichenschauhaus kommen. Dort liegt einer, den habe ich heute aus dem Tertiär gezogen. Aber der Kerl ist blutig frisch, zumindest die Hälfte, die wir gefunden haben. Die andere suchen wir noch ... Ihr ... ihr ...« Bollhagen bricht ab. Er schmeißt die Tür zu. Ihm kommen die Tränen.

Mit dem Türknall fährt Greiner wie aus einem Traum hoch: »Ich gloobe, der macht uns noch mächtig gewaltig spitz.«

Selbst an dem nebligen, kalten und dunklen deutschen Novemberabend strahlt das kleine Gutshaus mediterrane Wärme und Helligkeit aus. Das ist das Verdienst von Feinnigers Frau. Sie lebt auf dieser Insel und träumt von Sonne und Italien. Wie ein Kastell liegt das Gutshaus vor einem sanften Hügel. Der Hügel ist die Hochkippe eines Tagebaus, bepflanzt in den dreißiger Jahren.

Das Tor zum Hof steht offen. Beim Reinfahren spürt Kurt Feinniger jedesmal so etwas wie Geborgenheit. Er weiß, wie trügerisch dieses Gefühl ist. Kurt Feinniger stellt seinen Jeep in der Garage ab. Dann geht er zum Hoftor. Da kommen ihm »Chianti« und »Valpolicella«, zwei dickwollige Schafe, entgegen. Sie stupsen ihn mit dem Kopf an und machen: »Mäh«. Elfriede Feinniger ruft aus dem Stall: »Endlich bist du da. Es gibt eine Überraschung!« Sie tritt in die hellerleuchtete Stalltür. Die Hände in den Hüften und mit Kopftuch sieht sie aus wie Marlene Dietrich im Ernteeinsatz. Ihr Mann verriegelt das Hoftor. »Nun komm schon!« sagt sie. Sie nimmt ihn bei der Hand und führt ihn vor den Verschlag im Stall. »Wir haben nämlich Nachwuchs!« Und tatsächlich steht da ein Lamm auf wackligen Beinen im Stroh. »Keiner hat gemerkt, daß Valpolicella schwanger ist«, sagt Frau Feinniger.

»Schwanger heißt das wohl nicht bei Schafen.«

»Ist doch egal. Wie nennen wir es?«

»Tiramisu«, schlägt er vor.

»Du machst dich lustig! Wie wärs mit Lambrusco!«

»Besser als Prosecco.« Elfriede Feinniger öffnet die Gattertür und schiebt das Mutterschaf hinein. Das Lamm sucht nach den Zitzen, aber »Valpolicella« schubst es weg. »Es ist ihr erstes«, sagt die Frau entschuldigend, steigt mit ins Gatter und hält das Mutterschaf fest. »Ein Wunder, plötzlich ist so ein Tier da, wie aus dem Nichts. Haben wir nicht ein Glück im Leben! Ein großes Glück! Wir müssen Gott dankbar sein! In Italien schaffen wir uns eine ganze Herde Schafe an, schaffen uns unser Arkadien!«

»Das lag in Griechenland!«

»Immer vermiest du die Stimmung mit solchen Kleinigkeiten.«

Feinniger bekommt Sodbrennen. Die Aufregungen greifen seinen Magen an. Er schluckt. »Noch eine Kleinigkeit«, sagt er, »der Noack ist tot.« Feinniger bewegt dabei kaum die Lippen.

»Der widerspenstige Bürgermeister? Das kann doch nur gut sein!«

»Hast du eine Ahnung! Er lag zerstückelt auf dem Transportband. Jetzt geht alles erst richtig los! Jedes Staubkörnchen wird aufgewirbelt. Das hätte ein lebendiger Noack nicht erreicht. Außerdem war der Noack längst nicht mehr der Feind Nummer eins.«

Alles läuft zur Zeit gegen Feinniger. Bei der neuen Konzernleitung ist er ein Wackelkandidat. »Ihre Durchsetzungsfähigkeit läßt zu wünschen übrig«, hieß es bei einem Zukunftsgespräch, wie die das nannten. Da saßen fünf Männer an einem großen Edelholztisch, auf dem Wasser, Kaffee und Kekschen standen. Scherzchen hier und Scherzchen da. Und da hat er ihnen erzählt von dem Einbruch in sein Büro, bei dem die Filme mit den Wasserdaten abhanden gekommen sind. Er habe natürlich keine Anzeige gemacht und bringe alles wieder in Ordnung und die Filme dazu. Das war mein größter Fehler, denkt Feinniger und ahnt, daß er inzwischen einen noch größeren begangen hat. Heute wollte er das mit den Filmen gelöst haben. Gleich wird er danach gefragt werden. Und er hat die Filme noch immer nicht.

Das Handy klingelt. Feinniger holt tief Luft und sagt: »Nein, die Filme habe ich im Moment noch nicht, aber ...« Eine harte Männerstimme unterbricht ihn, erteilt kurze Befehle. Es dauert nicht länger als eine Minute. In der Hand noch das Telefon, lehnt sich Feinniger mit seinem guten schwarzen Mantel an die geweißte Stallwand. Seine Frau erschrickt und läßt das Mutterschaf los. Und während das Muttertier wieder sein eigenes Lamm attackiert, hastet die Frau aus dem Gatter zu ihrem Mann. »Ist dir nicht gut?« Sie faßt nach seiner Stirn. Er rutscht an der Wand noch ein Stückchen weiter nach unten. »Jetzt geht es los! *Fjellfall* setzt mir den Beutig in den Nacken. Alles mit ihm abstimmen. Er unterrichtet die Konzernleitung ...« Sie nimmt ihm das

Handy aus der Hand, steckt es in seine Manteltasche. »Laß uns weggehen, nach Italien!«

»Und dort leben wir von Schafzucht? Wir sind verstrickt mit all dem hier, wahrlich verstrickt. Nein, meine Liebe, aus Italien wird nichts. Es gibt auf dieser Welt keine Fluchtmöglichkeit mehr. Deshalb muß ich hier weitermachen bis zum bitteren Ende.« Elfriede Feininger lehnt ihren Kopf an seine Schulter. Vielleicht nur, weil sie fühlt, daß Italien tatsächlich verloren ist.

Olof Valsbjerg sitzt am Schreibtisch seines Hotelzimmers: Groß, blond, blauäugig. Das Muster eines skandinavischen Mannes, wenn da nicht seine Midlife crisis wäre, gegen die er ankämpft. Valsbjerg spiegelt sich in der getönten Fensterscheibe. Vom Nebel rinnen außen feine Tröpfchen an der Scheibe über Valsbjergs schwaches Spiegelbild, und er kann durch sich hindurchsehen auf das abgedimmte Malmö. Wenn er sich etwas nach vorn beugt, sieht er sogar die neue Brücke über den Sund nach Dänemark. Nichts ist mehr, wie es war. Er lacht über diese unsinnige Feststellung, die wohl seit Jahrtausenden für jede Generation Mensch gegolten hat. Für Tier und Pflanze auch; und das ist schon ernster. Valsbjerg ist Grüner und Abgeordneter des schwedischen Reichstags. Valsbjerg hat gut gefrühstückt. Fast ökologisch, denkt er. Die Hotelkette hat Ökologie als Managementstrategie entwickelt: Extra Abfallbehälter für Batterien, grünes Glas hier, braunes dort, Restmüll ganz woanders, eben diese Litanei. Beim Frühstück: Müsli hier und dort, aber verschämt in der Ecke auch anständige Sachen. Schließlich will man es sich mit solchen Typen wie Valsbjerg nicht verderben, die »Ja« zur

Ökologie sagen und »Nein« zu Müsli und deshalb nicht so leidend und angestrengt wie die Müsli-Kunden des Hotels umherlaufen.

Valsbjerg war Ehrengast auf einer Tagung zur Globalisierung. Ehrengast ist gut, gut für den Ehrengast, weil er stets und ständig umsorgt wird, und gut für den Veranstalter, weil ein gut umsorgter Ehrengast keine bissigen Reden hält. Valsbjerg ist sich dessen bewußt, aber das Schöne am Leben ist eben auch schön. Irgendwann wird er wieder zu Felde ziehen, nicht hier bei dieser Tagung, aber doch bald ...

Valsbjerg schaltet seinen Laptop an. Zuerst rennt ein Bär über den Bildschirm. »Bärchen« ist Valsbjergs Spitzname. Wegen seiner kräftigen Statur, den Brusthaaren, die aus dem offenen Hemd pelzen, und weil er sich um die Betreuung der Bären in seiner Heimatgegend, dem Fulufjellet, verdient gemacht hat. Jedem Bär ist ein Sender ins Fell gesetzt, kein Schritt vollzieht sich ohne Beobachtung und Registrierung. So ein Bär kann nicht verschwinden, hat keine Chance zum Abtauchen und keine, sich gegen den Sender zu wehren. Der Mensch trägt freiwillig so einen Sender als Handy herum. Deshalb ist Valsbjergs Verhältnis zu den Dingern gespalten.

Valsbjerg ruft die e-mails ab. Seit er Abgeordneter ist, wird er überschüttet davon. Es helfen keine noch so ausgeklügelten Filter. Einer der Absender verblüfft ihn: Es ist die Adresse seines deutschen Freundes Peter. Die Nachricht ist schon ein paar Tage alt. Beim Öffnen erschrickt er über das einzige Wort in der e-mail: *Schäferei.*

Zum ersten Mal während ihrer Freundschaft ist dieses Alarmsignal gesendet. Ausgemacht hatten sie diese Verschlüsselung, die für »Gefahr« steht, zu Zeiten der Mauer und der allgegenwärtigen Überwachung. Denn Peter Noack, der Freund, ist Ostdeutscher. Und das Ungewöhnlichste an ihrer Freundschaft ist vielleicht, daß sie in den Jahren nach dem Mauerfall nicht zerbröselt ist wie viele andere Ost-West-Freundschaften. Das Trennende hatte viele zusammengehalten, das nun Verbindende trennt unbarmherziger. Eine Erfahrung, von der Valsbjerg immer wieder gehört hat.

Der Spiegel der Welt ist für den einzelnen immer der Augenblick und nicht die Vergangenheit oder gar die Zukunft. Valsbjerg nimmt sich, ehrlich betrachtet, da nicht aus. Er hatte Peter ausgelacht, als der ihren Code nach der Wende unbedingt beibehalten wollte. »Jetzt kannst du alles auf eine Postkarte schreiben«, hatte Valsbjerg gesagt. »Draufschreiben schon«, sagte Peter, »das glaube ich. Das konntest du in der DDR auch, draufschreiben und dann ...«

Valsbjerg wird sich nicht lumpen lassen, gerade jetzt nicht: er wird fahren. Ein bißchen ist ihm dabei wie Schnipseljagd. Gut, er wird das Spiel mitmachen. Er hätte ohnehin nach dieser Konferenz noch zwei oder drei Tage in Malmö drangehängt. Außerdem frischt das sein Deutsch auf. Vokabeln sind wie Hasen, immer bereit zum Fliehen, so seine Fremdsprachen-Erfahrungen, seit er keine Deutschstunden mehr gibt.

Begonnen hatte ihre Freundschaft bei der sogenannten Ostseewoche. Da flatterten in Kühlungsborn die Fahnen der Ostseeanrainer einträchtig nebeneinander. Valsbjerg war mit einem samischen Chor dort, Noack mit einer sorbischen Tanzgruppe – beide in Trachten und der eine so wenig Same wie der andere Sorbe. Und beide schwärmten von der Natur als dem einzig Wahrhaftigen.

Sie standen am Strand von Kühlungsborn bei einem der kitschigen Sonnenuntergänge. »Der Horizont als Gefängnis … nur für dich gehts hinterm Horizont weiter. Wir dürfen nicht mal mit einer Luftmatratze paddeln«, sagte Peter Noack.

Ein Jahr später besuchte Valsbjerg den Freund zu Hause in Wolkenberg. Sie klapperten die Gegend mit Fahrrädern ab, fotografierten Blümchen und beobachteten Rehe. Die Störche sammelten sich schon auf einer Wiese, um dem Sommer hinterherzufliegen. In dem Dorf hinter der Wiese herrschte eigentümliche Ruhe.

Der Straße fehlte das Kopfsteinpflaster, und unter den Schuhen knirschten Glasscherben von zerschlagenen Fensterscheiben. Auf der Eingangstreppe des Dorfkonsums flatterten Kassenblöcke mit Blaupapier und Bestellisten für Milch und Butter. In einem Schuppen lagen aufgerissene Matratzen, aus denen Katzen die Roßhaarfüllung zupften. Von einigen Häusern fehlten selbst die Dachsteine, und die Dachstuhlgerippe ragten in den blauen Himmel.

Dem Feuerwehrhaus fehlten die Tore. Am Giebel hing noch die Losung: *Wir schützen, was des Volkes Hände schaffen!*

Auf einem Fahnenmast spießte ein Wagenrad mit leerem Storchennest.

»Die Störche waren die letzten Bewohner«, sagte Noack.

Plötzlich hörten sie das Rutschen eines Steins und dann ganz in ihrer Nähe den Aufprall. Sie sprangen zur Seite. Auf dem Dach saß wie ein Todesengel ein Mann, den First zwischen den Beinen, und rief: »Seid ihr lebensmüde!«

Waldemar Wassinke deckte das Elternhaus seiner Frau ab und stoppte mit dem Fuß gerade noch einen sich lösenden Dachziegel. Kalkbrocken hüpften klackernd bis in die Dachrinne.

»Bevor die Fledderer auch das mitnehmen!« brummte Wassinke.

»Wir helfen!« rief Valsbjerg und kletterte über die wacklige Leiter aufs Dach. Wassinke war froh über die Unterstützung, seine Frau hatte sich geweigert, in das tote Haus zu fahren.

»Ja«, erzählte Wassinke, »das ›tote Haus‹ hat sie gesagt.«

Von oben sah das Dorf mit den zerwühlten Gärten und den eingerissenen Zäunen noch trostloser aus. Wie vergessen stand ein Rollstuhl im Vorgarten eines Bauerngehöftes. Warum läßt man einen Rollstuhl zurück?

Bis zum späten Nachmittag hatten sie das Dach abgedeckt. Die Sonne verkroch sich hinter einer Eichenallee.

»Die Bäume fällen sie nächste Woche«, sagte Noack. Wassinke bedankte sich und lud sie für den nächsten Tag in die Teichwirtschaft ein.

Als sie heimfuhren, staksten die Störche noch immer auf der Wiese, in die Tau fiel. Noack stieg vom Fahrrad und zeigte zu den Vögeln: »Die sind ahnungslos. Nächstes Jahr werden einige vergebens ihr Nest suchen. Uns treibt der Bagger auch vor sich her. Aber wir wollen ahnungslos sein …«

Nach dem Mauerfall konnte Peter Noack dann endlich zum Gegenbesuch nach Schweden kommen. Aber etwas hatte sich verändert. Der Freund schien verschlossener, argumentierte nicht mehr so verbissen. Und jetzt dieser Notruf: Schäferei.

Die alte Schäferei hatten sie zufällig beim Pilzesuchen an einem trockenen Bachbett entdeckt. Eingewachsen in Brombeeren und Gestrüpp, zeugte nur noch ein kleines gemauertes Häuschen für die Milchkühlung von der einstmaligen Bestimmung des Anwesens. Den Bach haben die Tagebaue auf dem Gewissen. Und die Schäferei? Wassinke fand in alten Kirchenbüchern heraus, daß die Schäferfamilie am Ende des 19. Jahrhunderts nach Amerika ausgewandert war.

»Das ist es eben«, sagte Noack, »vor der Kohle ging es den Leuten hier dreckig. Alles ist ein Wegsehnen nach anderswohin und aus dem Jetzt.«

Valsbjerg ruft seine Frau an. Die meldet sich nicht. Jetzt wirkt der Kaffee und der viele Joghurt. Er setzt sich mit der Tageszeitung aufs Klo. Jeden Morgen braucht er für diesen Gang mehr als eine halbe Stunde. Wenn man anfängt, über die eigene Scheißerei nachzudenken, wird man alt, weiß er und muß sich beeilen. Valsbjerg bricht ab. Bis zur Fähre wird er schon durchhalten. Er packt seine Tasche. Seine Frau ist noch immer nicht zu erreichen. Ein bißchen verflucht er jetzt seine Abneigung gegen Handys.

Die Rezeption ruft an: Das Taxi zur Fähre nach Trelleborg wartet. In Deutschland wird er einen Mietwagen nehmen.

Valsbjerg checkt sich auf der Fähre ein. Um diese

Jahreszeit ist der Betrieb mäßig. Hauptsächlich fahren LKWs mit, die dann via Rostock nach ganz Europa ausschwärmen. Die Fahrer können hier die vorgeschriebene Pause einlegen und trotzdem weiterkommen.

Allmählich verschwindet Trelleborg: Die Küstenstraße mit den Häusern und der nachgebauten Burg. Nichts Weltbewegendes diese Stadt, aber Tor zur Welt, na ja. Die Fahrspur des Schiffes zerteilt weißquirlig das Grau des Meeres. Eine Schwedin steht neben ihm am Heck des Schiffes und weint. Warum weint man heutzutage, wenn man ein Land verläßt?

Valsbjerg geht runter zur Bar, wo er auf Landsleute trifft. Vier Stunden dauert die Überfahrt. So lange haben sie Zeit zum Saufen. Dann Schnaps kaufen in Deutschland und wieder zurück und wieder vier Stunden billiges Saufen. Die paar Deutschen essen in der Kantine lieber Kötbolar und träumen von echten Buletten. Valsbjerg fühlt sich beobachtet. Er trinkt einen Whisky und noch einen. Die Gläser klirren. Und ein Schwarzer in der Uniform der Schwedischen Fährgesellschaft mixt und gestikuliert, als stünde seine Bar nicht auf einer lausigen Fähre, sondern in Manhattan. Er nimmt einen Hunderteuroschein und rollt ihn zu einem Trichter, dann tutet er darauf eine Art Blues und verbreitet gute Laune. Nur nicht bei Valsbjerg. Der rutscht vom Barhocker und merkt schon den Whisky.

Die weinende Schwedin steht noch immer am Heck des Schiffes. Meer und Himmel sind ein einziges Grau, und weit hinten ist irgendwo Schweden. Ein langer Abschied. Und plötzlich überfällt auch Valsbjerg Abschiedsschmerz. Er kann das nicht einordnen. Ist das der Whisky? Oder die Beunruhigung über die Nachricht? Ach was, dem Peter werden die Probleme nach der Scheidung über den Kopf gewachsen sein.

Damit irrt sich Valsbjerg. Sein Freund hat keine Probleme mit der Scheidung, sein Freund hat überhaupt keine Probleme mehr. Sein Freund ist im Tertiär angelangt, und das für immer.

In der Kabine kippt Valsbjerg das obere Bett herunter. Es ist eine Marotte von ihm, daß er bei Doppelstockbetten immer oben schläft.

Valsbjerg weiß von Peter Noacks Bestrebungen, Wolkenberg vor dem Bagger zu retten. Zweifel überkommen ihn: Kennt er den Freund genug, um ihm wirklich helfen zu können? »Vielleicht«, hatte Peter vor Monaten gesagt, »bist du einmal die letzte Chance für Wolkenberg, jetzt, wo eine schwedische Firma den Tagebau übernimmt. Ich besorge dir hieb- und stichfeste Argumente, und du bringst über deine Fraktion einen schwedischen Reichstagsbeschluß gegen das Abbaggern eines deutschen Dorfes ein!«

Geht es dem Freund jetzt darum? Lohnt es sich für ihn, Valsbjerg, mit diesem deutschen Problem ein politisches Risiko einzugehen, das schnell auch zu seinem Problem werden könnte? Und wer überhaupt sagt, daß die Wahrheit auf Peters Seite liegt?

In Rostock regnet es. Die Fahnen der Fährgesellschaft klatschen ein müdes Willkommen für Valsbjerg, als der vom Terminal zur Mietwagenfirma läuft. Dort ist er der einzige Kunde. Der Türgong setzt einen Angestellten in Bewegung: Er raschelt mit einer Zeitung und schlurft aus seiner Pausenecke hervor. Sein T-Shirt mit dem Firmenlogo schlottert wie die nassen Fahnen draußen.

»Was kann ich für Sie tun?« fragt der Angestellte mechanisch.

»Das billigste Auto, das Sie haben.«

Der Geschäftsinstinkt stachelt den Verkäufer munter: »Nicht lieber einen schnellen Wagen? Mal richtig Autobahn in Deutschland? Zweihundert Sachen oder so. Hier können Sies!«

»Hab schon genug Tote auf der Straße gesehen.«

»Die gibts nicht nur auf der Autobahn!«

»Und Umweltschutz!«

»Dann nehmen Sie am besten ein Fahrrad.« Sie lachen beide. »Wo solls denn hingehen?« fragt der Vermieter.

»Lausitz und zurück.«

»Hoffentlich zurück!«

»Wieso nicht?«

»Dort ist Polen. Und über Polen verschieben sie Autos nach Litauen.«

»Ich passe auf Ihr Auto auf.«

Sie lachen wieder. Valsbjerg bezahlt mit Kreditkarte und steigt in einen roten VW Golf. Tja, denkt er, Tote gibt es nicht nur auf der Autobahn. Valsbjerg wird sein flaues Gefühl nicht los.

Gegen Morgen klart es über dem Tagebau auf. Die Sonne läßt den Rauhreif auf dem Sand funkeln, als handle es sich um eine Edelsteingrube. Bollhagen steigt über das rot-weiße Absperrband im Tagebau. Heute hat er lange Unterhosen angezogen. Der Gerichtsmediziner Zißlow nicht. »Eisig in dieser Mondlandschaft«, sagt er zum heranstapfenden Bollhagen. Zißlow zieht an seiner

Mütze, aber die reicht wirklich nicht weit, nicht einmal bis zu den Ohren. Zißlow sortiert auf einem Tisch Reste vom Bürgermeister Noack, die die Polizeibeamten aus den Sandhaufen gesiebt haben. Der Gerichtsmediziner steht mit seinem Tisch unmittelbar am Förderband, kurz vor der Übergabestation. An der Stelle stakte gestern Noacks Torso aus dem Abraum.

Zißlow ist fast sechzig und hat glatte Haut. Aalglatt, behaupten manche Kollegen. Er sieht es anders: Damit der Dreck abperlt, in dem ich wühle. Und er meint das mit dem Dreck nicht nur im übertragenen Sinne. Seine wulstigen Lippen strecken sich zu erstaunlich kleinen Ohren.

»Fehlt noch viel vom Noack?« fragt Bollhagen.

»Kann man wohl sagen, und ob ich ihn je ganz zusammenkriege, bei diesen Erdmassen ... Wie ein Puzzle. Furchtbar, einen Menschen aus seinen Einzelteilen zu rekonstruieren. Was macht einen Menschen aus, Bruno? Seine Seele! Und die ist nicht zu fassen und nicht zu finden. Und doch ist sie oft der Schlüssel zum Täter.«

»Nicht so mystisch und esoterisch! Was war der Noack für ein Mensch?«

»Fies!«

»Sind sie bei dir alle.«

»Nicht doch bei mir, Bruno, wir Menschen sind meistens fies.« Der Gerichtsmediziner hält Bollhagen ein Bild hin. »Sieh dir sein Gesicht an.«

»Mehr haben wir ja auch nicht zusammenhängend.«

»Lenke nicht ab! Die Mundwinkel. Sie drücken Verachtung aus.«

»Vielleicht vor dem, der ihn umbrachte.«

»Du wirst es schon rausfinden, Bruno!«

»Du mit deiner Physiognomie-Lehre.«

»Glaube mir, Bruno: Der Charakter eines Menschen stempelt das Gesicht.«

Bollhagen geht auf die andere Seite des Tisches und sieht, ausgerichtet in einer Reihe, ungefähr ein Dutzend Schädel. »Noack war doch kein Drache! Nein, der Noack hatte nur einen Kopf! Woher stammen all diese Schädel?«

»Kesselschlacht. Im April fünfundvierzig wollten SS und Wehrmacht hier mit einer Gegenoffensive den Krieg doch noch gewinnen. Das da bleibt von Helden übrig. Ein Stückchen weiter graben die Archäologen Tote aus der Steinzeit aus. Vielleicht haben die unter sich eine Fehde ausgetragen. Mein Lieber, durch die Erde zieht sich eine Spur von Toten.«

»Tja, so ein Bagger gräbt eben tief in die Vergangenheit ...«

Bollhagen sieht auf die Knochen. Gegen die dabei aufkommende Kälte richten auch die langen Unterhosen nichts aus. Er dreht sich wieder zu Zißlow um: »Und immer geht es irgendwie um Heimat. Bei dem Noack und dem Wassinke wohl auch. Der Wassinke ist vielleicht der nächste, den wir hier ausgraben.« Zißlow blättert Fotos wie Skatkarten auf. »Interessant ist das hier. Die Todesursache: dieses kleine Loch. Herzschuß. Zielgenau. Wie beim ollen Siegfried. Auf die richtige Stelle kommt es an. Haben wir ein Schwein, daß uns dieses Stück Noack so unversehrt in die Hände gefallen ist. Und ... es kommt noch was hinzu«, sagt Zißlow und tippt mit dem gummibehandschuhten Zeigefinger auf das letzte Foto. »Das Projektil. Und da holt uns die Vergangenheit ein. Eine Walther. Wehrmachtsbestand.«

Bollhagen zieht das Foto aus Zißlows Hand und hält es gegen das Licht, als prüfe er einen Geldschein. Eine unsinnige Angewohnheit.

»Istn Ding«, sagt Bollhagen, »sicher ne Walther?!«

»Wie das Amen in der Kirche.«

»Selbst darauf kann man nicht mehr bauen.«

Bollhagen deutet mit seinem Kopf auf einen der ausgegrabenen Schädel: »Von denen wirds keiner gewesen sein! Na, werde mich mal umsehen.«

Bollhagen fährt zum Vorschnitt-Bagger. Ein gerader Schnitt trennt hier die Gegenwart von dem Abgrund ins Tertiär. Die Baggerschaufeln sind riesig. Wie klein ist ein Mensch! Eine Umdrehung des Baggerrads, und Jahrtausende von Kultur sind verschwunden. Der Bagger als Rad der Geschichte. Seitlich von Bollhagen steht die Wolkenberger Kirche. Durch eine Wölbung der Tagebaukante sieht Bollhagen sie über dem Tagebauloch schweben. Wie der übers Wasser gehende Jesus scheint sie sich hinüber an ein anderes Zeitufer retten zu wollen. Im Gepäck runde sechshundert Jahre. In Bollhagens Rücken rauscht trotzig Wassinkes Wald. Ein Stückchen dahinter kommt das Dorf Wolkenberg, dazwischen noch Wassinkes Hof. Auf der anderen Seite des Tagebaus hängt eine große Wolke – wie ein Fesselballon. Darunter blitzt die Edelstahlfassade des neuen Kraftwerks. So wie dieses Kraftwerk mit seinen Aggregaten und menschenleeren Betonflächen stellt sich Bollhagen einen Start- und Landeplatz für Außerirdische vor. Oben, am Himmel, zerkratzt der Schweif eines Flugzeugs das makellose Blau. Oder ist es ein Raumschiff mit eben jenen Außerirdischen? Die würden sich wundern, wo sie hingeraten, denkt Bollhagen und sieht wieder nach unten. Die Stelle ist ein perfekter Tatort für einen perfekten Mord. Der Bagger transportiert nicht nur das Opfer weg, er zerlegt es auch auf dem Weg ins Ewige der Kippenlandschaft. Das Opfer verschwindet im Nirgendwo, auch der Tatort wird weggebaggert und in die Jahrmillionen der Erdzeitalter zerstreut. Es bleiben keine Spuren, nichts. Wenn nicht jemand zufällig auf das Transportband sieht und wenn nicht zufällig in dem Augenblick ein Rest des Opfers vorbeikommt und dann auch noch aus dem Sand lugt. War es nun Absicht oder dummer Zufall, daß der Noack so theatralisch aufgebahrt war?

Unten im Tagebau fährt ein Jeep zum Kohleflöz. Ist der Noack hier, an dieser Stelle, über den Bagger auf das Förderband bugsiert worden? Bollhagen macht einen Schritt nach vorn. Da bricht ein Stück Rand ab; mit dumpfem Poltern macht es sich auf den Weg. Bollhagen springt zurück. Er muß versuchen, soviel wie möglich an Spuren zu finden und zu sichern. Zunächst mal absperren. Das wird schon schwer genug mit den wenigen Polizisten. Ihm fällt Greiner ein. Dem wird er eine Freude machen und ihn zusätzlich zur Schicht hierher abkommandieren lassen. Er ruft an, gleich beim Polizeipräsidenten. Schließlich hat der alle Unterstützung bei der Aufklärung des Falles zugesagt. Gibt Bollhagens Bitte gleich als Befehl weiter. Ein erster Sieg im Rachefeldzug gegen Greiner.

Bollhagen läuft ein Stückchen in Richtung Kirche. Als er auf einem kleinen Hügel anlangt, ist auch die Kirche auf die Erde zurückgekehrt. Aber viel bleibt ihr nicht mehr bis zum Abgrund. Bollhagen erinnert das an seinen Urlaub im dänischen Jütland. Er war an die Steilküste, in ein kaum noch bewohntes Dorf gefahren. Ein Haus stand direkt an der Kante. Die Holzbank, auf der bestimmt die einstigen Bewohner gesessen und auf das drohende Rauschen des näher kommenden Meeres gehört hatten, hing schon auf einer Seite über dem Abgrund. Am Abend war ein Sturmtief aufgezogen. Am nächsten Tag fehlte die Bank, und auch das Haus war spurlos verschwunden.

Und dort, am Strand von Jütland, hatte Bollhagen seinen ersten Bernstein gefunden, ein kleines Stück zwar nur, dafür aber mit einem eingeschlossenen mückenartigen Insekt. Den Bernstein bewahrt er in einem perlmuttbesetzten Schächtelchen auf, das bei seiner vorherigen Besitzerin die Briefmarken beherbergte. Die Köpfe von Hindenburg und Hitler bis zu Walter Ulbricht steckten je zu ihrer Zeit unter dem Deckel und warteten auf einen Klecks Spucke, um abgestempelt durch die Welt geschickt zu werden.

Wie der Bernstein die Mücke aufbewahrt, bewahrte das Schächtelchen die Geschichte seiner Besitzerin. Deshalb gehören die beiden Dinge zusammen.

Die Frau wohnte während Bollhagens Kindheit im Nachbarhaus, allein und ganz oben. Die Treppen schaffte sie nicht mehr. Selbst im Winter saß die Frau oft mit einem Kissen unter den Armen am geöffneten Fenster. Auf dem Kopf blumte ein Hut. Die Blüten knickten schlaff über den Rand und fitzten in den drahtigen weißen Locken. Ansonsten trug sie eine Brille, am Fenster jedoch nie. Brauchte sie dort keine, weil sie in eine andere Welt sah?

Werner Lupsch behauptete: »Die is meschugge und hat Wasser in Beenen.« Möglicherweise war die Neugier, wie das mit dem Wasser in den Beinen wohl sei, der Grund für den jungen Pionier Bruno Bollhagen, der alten Frau zweimal in der Woche die Kohlen aus dem Keller zu holen und die Asche runterzuschaffen. Oder wollte er Timur und seinem Trupp aus dem Schullesebuch nacheifern und ein vorbildlicher Pionier sein?

Bollhagen kratzte in der Stube mit dem Feuerhaken den Gitterrost des braunen Kachelofens sauber. Die Asche quoll dabei im unteren Ofenloch über die Kästen. Bollhagen zog vorsichtig den Blechkasten heraus und schaufelte die Restasche mit einer schmalen Schippe aus den Ecken des Ofenlochs in einen Eimer. Dabei stiebte es mächtig, und auf die Häkeldeckchen und die Kredenz legte sich ein brauner Film.

»Hat immer mehr Asche, die Kohle. Kein Wunder, die Briketts sind fast bloß noch Sand«, schimpfte die Frau.

»Früher brachten sie die gebündelt in den Keller, und jedes Brikett glänzte schwarz. Da brauchte man nicht halb soviel Feuerung wie heutzutage.«

Bollhagen fühlte sich verpflichtet, die Kohlekumpels zu verteidigen, von deren heldenhaftem Kampf in der Winterschlacht jeden Tag die Rede war: »Sie schrauben bestimmt zu zeitig zu!«

»Feuern kann ich schon noch, Jungchen!«

Sie brubbelte noch vor sich hin: »Von wegen zu zeitig zuschrauben, immer erst, wenn die Briketts durchgeglüht sind. Na, höchstens abends, damit früh noch Glut ist, aber …«

Bollhagen sah seine Pflicht als Pionier und Sekretär

für Agitprop im Gruppenrat als erfüllt an und brachte den vollen Ascheeimer nach unten.

Dann holte er zehn Eimer Kohlen aus dem Keller. Er stapelte den größten Teil der Briketts neben den Kachelofen in der Stube, in dessen Warmhaltefach immer eine Porzellankanne mit Kräutertee stand.

Eine weitere Ladung Briketts schichtete er im Bad zwischen die löwentatzigen Füße der gußeisernen Badewanne.

Der kleinste Teil kam in die Küche in den Schieber unter dem weißen Emailleherd.

Bollhagen fegte sogar vor den Öfen. Das tat er zu Hause nie. Zum Abschluß öffnete die Frau eine hohe Blechbüchse, auf der ein Bild vom Nürnberger Rathaus prangte. Sogleich machte sich aus der Büchse ein Geruch nach Keksen und Plinsen auf, der sich zwischen Kampfer und Kamille fädelte.

Aus der Büchse köpfelten zigarrenähnlich gebackene Röllchen. Die Frau nahm drei oder vier dieser Röllchen und gab sie in die noch etwas kohlenstaubigen und aschigen Hände von Bruno Bollhagen.

Für ihn begann damit ein innerer Kampf. Einerseits hatte er Appetit, andererseits ekelte er sich wegen der schmuddeligen Küche. Die Röllchen wegzuschmeißen, brachte er auch nicht fertig. Bis er darauf kam, sie zu den Pioniernachmittagen mitzunehmen. Dort wurden sie der Renner. Nur dem Werner Lupsch gab er keine ab.

An einem Junitag trugen weißbekittelte Krankenwagenfahrer die Frau nach unten, öffneten die Türen des Barkas, zogen eine quietschende Liege heraus, hievten die Frau darauf und schnallten sie fest. Sie winkte Bruno heran und gab ihm das Briefmarkenschächtelchen.

Mit blechern hämmerndem Motor fuhr der Barkas die Frau zu ihrer letzten Lebensstation.

Bollhagen sucht nach dem Namen der Frau. Er kommt nicht darauf, hat ihn einfach vergessen. Was bleibt von einem Menschen? Was von Peter Noack?

Aber nicht darüber sollte Bollhagen nachdenken, seine Aufgabe ist es, den Mörder zu finden. Bollhagen wendet sich um und sieht über den Tagebau. Hinter den Kippen türmen sich Wolken auf. Die Thermik über der kahlen Fläche hält sie zurück. Der Tagebau macht sich sein eigenes Wetter.

Unten am Flöz steht ein Kohlenzug und wartet auf das Ende des Baggerstops. Nicht mal so groß wie auf einer Eisenbahnplatte erscheinen Bollhagen Lok und Wagen. Ein weites Feld, denkt er, der Tagebau und der Fall auch. Als hätte jemand versucht, mit diesem Tagebau dem Fontane-Zitat eine bildliche Dimension zu verpassen. Der Wanderer Fontane lief wenigstens noch durch eine heile Welt, obwohl ... Es gab zu keiner Zeit eine heile Welt, nicht mal für die Saurier, selbst die Schachtelhalme sind unter die Erde gekommen, und wir jagen sie nun durch den Schornstein. Wenn Bollhagen derart sinniert, ist das ein sicheres Zeichen dafür, daß er sich verrannt hat. Er kommt einfach nicht vorwärts bei diesem Mord im Tertiär.

Er verkriecht sich im Auto und läßt den Motor an, aber nur wegen der Heizung. Dann schiebt er eine CD in den CD-Spieler. Mit voller Lautstärke, hier hört es schließlich niemand, krächzt das Karat-Lied »Über sieben Brücken« durch das Tagebauvorfeld. Gespielt und gesungen von Bruno Bollhagen. Einmal hatte er eine seiner selbstbesungenen CDs im Dienstwagen vergessen, und die Kollegen hatten sich in der Kantine vor Lachen gar nicht mehr eingekriegt.

Er konnte das gerade noch runterspielen: »Ist für den nächsten Polizeiball als Persiflage auf die Tatorte von Manne-Krug-Stöver gedacht.« Das hat er dann auch durchgezogen.

Es war sein erster Liveauftritt. Am Ende landete er auf dem zweiten Platz im Programmpunkt: »Polizisten können auch anders«. Der Polizeipräsident schüttelte ihm die Hand und sagte: »Für den ersten Platz war es leider nicht falsch genug gesungen.«

Das hat ihn dann doch getroffen. Zumal den ersten Preis so eine blöde Stones-Nummer von seinem neuen Schreibtischgegenüber Lothar Babke erhielt. Einfach affig der Auftritt als Mick Jagger. I can't get no ... Aha. Sogar Falten hatte sich Babke in sein Milchgesicht gemalt.

Jedenfalls gab es für Bollhagen eine Aktentasche und für Babke eine Kiste Rotkäppchen-Sekt. Der Sekt hat den Abend nicht überlebt, die Aktentasche dagegen ist noch immer von Nutzen.

Der letzte Bollhagen-Sieben-Brücken-Ton verweht über dem Entwässerungsgraben. Bollhagen drückt auf die Wiederholungstaste. Er muß sein Gehirn neu in Schwung bringen. Zunächst schweift er allerdings ab zu ewigen Themen wie Zeit und Vergänglichkeit. Er hatte bei einem Karat-Konzert erlebt, wie der Sänger sich neben dem Mikrofon auf einen Stuhl setzen mußte. Es war der erste Auftritt des Mannes nach einem Herzinfarkt. So vergeht die Zeit: die Rocker brauchen einen Rollstuhl. Und die Fans der Rolling Stones sabbern im Altersheim.

Solche Sachen erschrecken Bollhagen. Über wie viele Brücken ist er schon gegangen, überlegt er und wird schläfrig und hofft, daß sich in seinem Kopf eine Verbindung zwischen Noack, der Kunstaktion, dem Tagebau und der Wehrmachtspistole schaltet.

Ein völlig schräger Ton auf seiner CD-Einspielung schreckt ihn hoch. Er stellt den CD-Spieler aus, legt den Gang ein und fährt los.

Rings um Wassinkes Wald sind die Bäume bereits abgesägt. Krakenarmig liegen die herausgerissenen Wurzeln herum. Zwei gelbe Riesenhublader lauern mit gesenkten Ladearmen, um gegen Wassinkes Waldinsel anzutreten.

Noch aber darf, laut dem Gerichtsbeschluß zu Wassinkes Klage, nichts angerührt werden. Wassinke hat sich Feinde gemacht, denn hier im Dorf ist nun jeder Baggerfahrer ein potentieller Arbeitsloser. Vielleicht sitzen einige schon zu Hause und rechnen über Kontoauszügen, Arbeitslosengeldtabellen und Lohnzetteln ihre Zukunft aus. Dann womöglich noch ein paar Bier und eine arbeitslose Frau und zwei quengelnde Kinder. Die Schuldigen für diese Misere sind schnell gefunden: der Anstifter Noack und der Kläger Wassinke. So ein Pulverfaß kann explodieren, denkt Bollhagen. Wer soll die Alibis der vielen Betroffenen überprüfen? Was wird aus Wassinke? Ist seine Ermordung nur eine Frage der Zeit oder der Gelegenheit? Wie kann er den sturen Alten schützen?

Kurz vor Wolkenberg entdeckt Bollhagen etwas, das wie die Fata Morgana einer DDR-Oase erscheint: Ein Pausenwagen mit rauchendem Blechschornstein, dahinter ein wagenburgartiger Bretterzaun. An den Wagen gelehnt zwei Fahrräder. Es ist neun Uhr und Frühstück. Wie DDR eben.

Die beiden Männer drinnen könnten dem Aussehen nach Bauarbeiter sein, sind sie aber nicht. Aus den Kappen ihrer Thermoskannen dampft es. Auf dem Blümchenwachstuch des Holztisches stehen zwei beulige Aluminiumbrotbüchsen mit Schnitten. Einer schiebt einen gußeisernen Topf mit heißem Wasser auf die Mitte des Kanonenofens und sagt: »Müssen uns beeilen. Bei Frost ist Feierabend.« Der andere reißt eine Konserve auf: »Ne Bockwurscht, Herr Kommissar?« Bollhagen lehnt erschrocken ab. Und das hat damit zu tun, daß sie eben keine Bauarbeiter sind und daß es kein DDR-Idyll ist, in dem Bollhagen sitzt, wenn auch der Pausenwagen noch aus DDR-Beständen stammt so wie die blaue Arbeitskombi des einen und die Armee-Wintermütze des andern.

Das hier ist der Friedhof von Wolkenberg. Und der muß weg, so wie Wolkenberg. Und die beiden sind die Umbetter der Toten. »Können Se ruhig essen, die Wurscht. Keene Konservierungsstoffe drinne«, sagt der mit der Armeemütze. »Wir wissen, wovon wir reden«, sagt der andere, auf dessen Kopf eine Baskenmütze tellert. »Man braucht einfach länger zum Verwesen.« Die erste heiße Wurst wird auf eine Scheibe Brot geschoben, die nächste ins Wasser geworfen. Die beiden Umbetter ruckeln auf der Bank die Kissen zurecht. »Tatsache«, sagt der mit der Armeemütze, »hatten mal son Fall, da war einer nach fünf Jahren noch fast vollständig.«

»Aber tot war er«, sagt der Baskenmützige, lacht und stippt seine Bockwurst in die Büchse mit Bautzner Senf, sehr scharf. »Will Sie nicht unnötig aufhalten«, sagt Bollhagen.

»Wir lassen uns nicht aufhalten«, erwidert der in der Arbeitskombi. »Wie der Sensenmann«, ergänzt sein Kollege und setzt dann fort: »Ach wissen Sie, irgendwann wird es dann eben die Arbeit, die man macht. Die muß ja gemacht werden, unabhängig vom Geldverdienen. Und Menschen, Menschen, sind wir doch geblieben! Oder geworden, erst richtig!«

»Alle müssen sterben, aber keiner redet über den Tod!«

Die beiden Männer schweigen nun. Bollhagen fragt nach Auffälligkeiten am Mordtag. »Eigentlich war nischt. Höchstens das mit dem Grossling war komisch. Der wollte von uns ausm Friedhof sone offgegangene Eiche. Na ja, Symbol des Werdens aus dem Vergehen oder son Firlefanz für sein Kunstding im Tagebau...« Der andere fällt ihm ins Wort: »Stimmt, du. Der hat das nicht abgeholt!«

»Und vorher son Geschiß drum gemacht. Und in der Nähe war er, ist mit seinem Jeep wie angestochen hier rumgekurvt!«

Verdammt, an den Grossling als Verdächtigen hat Bollhagen noch nicht gedacht! Zuerst aber mal weg von hier. Bollhagen verabschiedet sich. Der mit der Baskenmütze hängt sich noch halb aus der Tür des Wohnwagens und zeigt auf die Eiche.

»Darunter ist alles von den Wildschweinen zerwühlt. Die sind sogar durch den Zaun durchgemacht.« Der andere ruft von drinnen: »Wird nen zeitigen und strengen Winter geben, wenn die Wildschweine so verrückt auf die Eicheln sind!«

An der Wolkenberger Kirche steigt Bollhagen aus und schnappt nach frischer Luft. Hinter der Kirche stößt er auf Grabungsspuren der Archäologen. Die für sie uninteressanten Skelettreste haben sie dagelassen. Auf einem Totenschädel ist eine Kerze angewachst, ringsum liegen Bier- und Colabüchsen neben den verkohlten Holzresten eines Lagerfeuers. Und da faßt Bollhagen einen weitreichenden Beschluß: Er wird sich einäschern lassen. »Mit meinem Nischel spielt niemand Fußball!« ruft er in den Himmel über der Wolkenberger Kirche.

Vorn ist das Granitpflaster des Kirchplatzes herausgerissen und liegt aufgestapelt neben der Straße. Wie Vulkannachbildungen erheben sich die Kegel dreier gewaltiger Baumstümpfe. Bollhagen hockt sich vor den Stumpf der größten Eiche. Mit der Hand fährt er über die Jahresringe. Mehrere Hundert, schätzt er. Der Arm reicht nicht bis zur Mitte. Bollhagen stippt mit dem Finger auf eine Stelle: Vielleicht tobte hier der Dreißigjährige Krieg? überlegt er. Eine ewige Zeit her. Und dennoch, gegen die Spuren der Erdgeschichte im Tagebau ist das nicht mal ein Sekundentick. Was hat man dem entgegenzusetzen? Das Dasein des Menschen ist kurz.

Bollhagen beschleicht das Gefühl, daß er aus der Kirche beobachtet wird. Aber von wo? Die schwere Eichentür mit den Eisenbeschlägen ist geschlossen, an die hohen Fenster kommt von innen niemand so einfach heran. Der Turm? Wackelt das Glockenseil hinter den drei glaslosen Fenstern? Das Scheppern eben, das kam doch eindeutig aus der Kirche? Oder?

Zur Zeit finden keinerlei Arbeiten statt, Bollhagen hat sich erkundigt. Der mittelalterliche Taufstein und alles andere von Wert ist längst im Museum. Etwas stimmt hier nicht!

Bollhagen steht auf. Die Knie knacken, und schwindlig wird ihm auch. Er hat eben den Sport vernachlässigt zugunsten des Musizierens. Nach einigen Sekunden ist Bollhagen startbereit. Er schleicht zum Kirchenportal. Die Türklinke ist weit oben. Schon hier sollte sich der Mensch klein fühlen. Vorsichtig zieht Bollhagen am Löwenkopf des Türknaufs. Mit einem Ruck und unter lautem Knarren und Quietschen springt die Tür auf. Ohne jede Deckung schreitet Bollhagen energisch in das Kirchenschiff. Es ist niemand zu sehen. An der Wand im Altarraum grätscht eine Stehleiter, die Ketten zwischen den Schenkeln wackeln. Hier ist also jemand zugange. So blöd wie es ihm vorkommt – Bollhagen zieht seine Pistole.

»Polizei!« ruft er. Zwischen dem Kirchengestühl erscheint ein Kopf. Ist das die Auferstehung Jesus? fragt sich Bollhagen. »Nein, nein ich bins nicht!« Der Mann tritt aus dem Gestühl, klopft seine Hosen ab und sagt: »Hör ich von allen, daß ich aussehe wie Jesus. Ist auch mein Spitzname.« Die Ähnlichkeit mit dem Gottessohn ist verblüffend: hagerer Körper, struppiger Langbart und Haare wie zu Bollhagens Gammler-Zeit.

»Was tun Sie denn hier?« fragt Bollhagen.

»Wirklich Polizei?«

Bollhagen wedelt mit seinem Dienstausweis.

»Ich wollte mich sowieso schon melden!« eifert der falsche Gottessohn.

»Tja, so ist die Polizei, kommt der Bürger nicht zur ihr, geht die Polizei zum Bürger.« Er lacht.

»Wie der D-Mark-Spruch«, sagt der falsche Jesus,

»und bei beiden ist der Ausgang ungewiß.« Er läuft zur Stehleiter, winkt Bollhagen heran und streicht über die narbige Kirchenwand bis zu einer Lochinsel. »Das habe ich freigepickert. Ein Gemälde! Unter dem Putz versteckt sich vermutlich der Heilige Georg. Ein Wandbild aus dem vierzehnten Jahrhundert. Und keins von irgendeinem Dorfmaler. Eine kleine Sensation.«

»Warum die Heimlichkeit?«

»Die Grabungsfirma darf der Sache nicht nachgehen. Hier ist überhaupt kein Wandbild, verstehen Sie. Die Untersuchungen und die Bergung würden den Tagebau verzögern und *Fjellfall* eine Stange Geld kosten. Andererseits bezahlen die uns Archäologen. Es möchte alles im Rahmen bleiben, im Kosten- und Zeitrahmen. Sonst gräbt eben eine andere Firma, die nur entdeckt, was nicht den Ablauf stört. Und *Fjellfall* zahlt gut und schafft Sicherheiten für jene Firma, die den Zuschlag erhält. Was ist dagegen ein Wandbild.«

»Und Sie?«

»Ich bin Idealist, eben Jesus ... oder einfach zu jung, um schon korrupt zu sein.«

»Dafür ist man nie zu jung.« Bollhagen sieht sich um. »Das einzige Bild?« Jesus zuckt mit den Schultern.

»Ich will eine Notbergung versuchen«, sagt er, »auf meine Kosten. Wenn es schiefgeht, werde ich es sein, der aus egoistischen Motiven unwiederbringliches Kulturgut vernichtet hat. Das wäre dann mein Ende als Archäologe.«

Der Archäologe steigt auf die Leiter und widmet sich wieder seinem bis ins Mittelalter reichenden Guckloch.

Bollhagen durchquert die Kirche und stößt auf eine

Grube. »Und hier haben Sie wohl den Kirchenschatz gefunden?«

»Nicht ganz, das ist die Gruft des Gutsbesitzers! Er war der letzte, der noch in der Kirche bestattet werden durfte. Dann kamen neue Hygienevorschriften. Kein Wunder, die edlen Ritter lagen im eigenen Saft unter den Füßen der Kirchgemeinde. Und noch heut haben wir Archäologen einen Heidenrespekt beim Öffnen solcher Gruften, wegen der Pilzsporen.«

An der Stirnseite der Gruft ist noch das Sterbedatum erkennbar: *5. September 1742*.

»Seine Frau ist schon draußen am Eingang beigesetzt. Sie stiftete den Konfirmanden eines jeden Jahrgangs Geld für die Grabpflege. Im Jahr ihrer Konfirmation hatten sie das Grab zu pflegen. Zur Feier wurde das Geld vom Pfarrer unter den Jugendlichen aufgeteilt. Ein Brauch, der sich über zwei Jahrhunderte und die DDR hielt!«

»Woher kam das Geld?«

»Schmuck! Sie hatte ihren gesamten Schmuck der Kirche vermacht. Die Pfarrer haben stückweise verkauft.«

»Ist aller Schmuck aufgebraucht?«

»Was fragen Sie mich!«

Bollhagen stellt den rechten Fuß auf die ausgetretene Holztreppe zur Orgelempore; die Stufe wackelt. Er untersucht genauer und vertraut sich der morschen Treppe lieber nicht an. Er stoppt, und sein Blick fällt auf seine Schuhe. Bollhagen putzt sie nur selten, aber jetzt wischt er mit einem Tempotaschentuch drüber. Beim Bücken entdeckt er einen Knopf. Er hebt ihn auf und geht zur Stehleiter. »Ist das Ihrer?« fragt er den Archäologen.

Der streckt ihm ein Kästchen entgegen, klappt den Deckel auf und schüttelt kräftig. »Alles hier gefunden. Sicherheitsnadeln sind Spitzenreiter. Die sind von den sorbischen Trachten der Frauen, entweder einfach abgefallen oder vom Kirchenbanknachbar abgepolkt. In einer Kirche geht es eben auch sehr weltlich zu. Außerdem habe ich Münzen verschiedener Zeiten gefunden und sogar Patronenhülsen aus dem Zweiten Weltkrieg.« Er hält eine Hülse zwischen Daumen und Zeigefinger: »Die hier habe ich aus dem Altar gepult, steckte im Dornenkranz des Heilands.«

Bollhagen nimmt ihm mit spitzen Fingern die Altar-Patrone aus den Fingern. »Eine achtunddreißiger Walther, wenn ich nicht irre. Die nehme ich mal mit.« Wieder an der Stehleiter, deutet Bollhagen mit dem Kopf zum Wandbild: »Und niemand weiß von dem Bild?«

»Na ja, das ist schon seltsam. Ich hatte das dem Noack am Tag vor seiner Ermordung gezeigt! Da macht man sich so seine Gedanken.«

Das geht Bollhagen nicht anders.

Feiner Nieselregen erstickt den Tag noch vor Sonnenuntergang. Bollhagen fährt gleich nach Hause. Seine Überstunden kann er sowieso im Leben nicht mehr abbummeln. Um die Zeit ist auch noch kein Stau vom Berufsverkehr. Bollhagen freut sich auf ein heißes Bad. Danach wird er an den »Sieben Brücken« von Karat feilen, heute mit Gesang. Und wehe, der Kater maunzt dazwischen, so daß es klingt wie ein Werbesong für Katzenfutter.

Bollhagen schließt die Wohnungstür auf. »Mona!« ruft er, »ich mache heute Spaghetti!« Aber keine Mona antwortet. Sie ist auch nicht in ihrer Wohnlandschaft. »Hat sich nicht abgemeldet! Wo soll sie sein? Kein Zettel, nichts.« Er sagt das zum Kater, aber der döst ungerührt weiter. Bollhagen ruft an. Abgeschaltet, einfach ausgeschaltet das Handy. Von wegen friedlich Katerkraulen, wenn er das Geld verdient. Bollhagen hat keine Lust mehr zum Baden und Musikmachen. Er kocht auch nicht, sondern lümmelt sich mit einem trockenen Brötchen in die Wohnlandschaft und schaltet die Glotze an.

Mona ist inzwischen auf dem Weg in ihre Vergangenheit. Die Stadt ist ins Grau des Nieselregens gekippt, und Mona hat den einzig übriggebliebenen Turm der Stadtbefestigung erstiegen. Unter ihr, in der Fußgängerzone, tanzen Regenschirme. Sie umrunden Bänke und einen Springbrunnen. Zwischen knallbunten, unnütz in die Gegend ragenden Eisenrohren sitzt ein bärtiger Mann und spielt Akkordeon. Die Eisenrohre hat Grossling gebogen, und damit sind sie Kunst. Rohre, die Vergangenheit und Zukunft verknoten, Flucht und Verwurzelung, hatte Grossling vor den Stadtverordneten referiert. Und Mona durfte aufgetakelt neben ihm stehen und nicken; eine Pantomime der Beipflichtung. Die Stadtverordneten stimmten dem Kunstobjekt in der Einkaufsstraße zu. Grossling kassierte kräftig ab und gab eine Vernissage zur Vorstellung seiner Entwürfe.

Mona umfaßt das tropfnasse Geländer und spürt ein leichtes Vibrieren, als ließe der vorrückende Minutenzeiger an der Turmuhr die ganze Gegend unablässig erzittern.

Aber der eigentliche Grund für Monas Unruhe wird

wohl das bevorstehende Treffen mit Valsbjerg sein. Immerhin haben sie sich jahrelang nicht gesehen.

Ihre erste Begegnung hatten sie bei einem von Peter Noack organisierten Treffen von naturschützenden FDJlern. Dort stieß Mona an einem grillenzirpigen Abend gegen kräuselhaarige, stämmige und braungebrannte Männerbeine in kurzen West-Hosen. Dahinter die blassen Stakswaden von Peter Noack, der ihre Arbeitsgemeinschaft »Sozialistische Landeskultur« beim Kulturbund der DDR leitete. »Lagerfeuer mit Bärenvortrag«, sagte Peter Noack und zeigte auf Valsbjerg. Das war mutig, denn schwedische Bären und sozialistische Landeskultur hatten wenig miteinander zu tun. Noack hatte seinen Freund an FDJ und Kulturbund vorbei ins Zeltlager eingeladen.

Bei Cabernet-Rotwein aus Bulgarien und im Widerschein des Lagerfeuers hatte sich der kapitalistische Hüne schon bald in einen Märchenprinz mit goldigem Glanz verwandelt. Aber Märchenprinzen sterben im richtigen Leben schnell. Olof Valsbjerg und Mona konnten aus ihren verschiedenen Welten nicht fliehen und kamen also nicht zueinander.

Und wie aus dem Himmel gefallen stand Valsbjerg heute vormittag vor Monas Haustür: Ein Bär mit Winterpelz. Er sei einer großen Sache im Zusammenhang mir Peter Noacks Tod auf der Spur, behauptete er. »Aber darüber abends im *Venezia*«, sagte Valsbjerg und quetschte sich in einen roten Golf.

»Der Bär hat Winterspeck angesetzt«, sagte Mona.

»Das Mietauto ist zu klein!«

Er fuhr an, hielt wieder, kurbelte das Fenster runter und sagte: »Der Bär tanzt noch! Also bis heute abend!«

Warum hat sie nicht nein gesagt? Aus Selbstbehauptung gegenüber Bollhagen, oder gar aus Trotz?

Es ist noch immer viel Zeit bis zu der Verabredung, sie könnte einfach wieder zu Bruno gehen, als wäre nichts passiert. Aber Olof Valsbjergs Aufenthalt hier ist nicht von der Ermordung Peter Noacks zu trennen. Und das nimmt Mona als endgültige und moralische Begründung für das heimliche Treffen: die Suche nach dem Mörder.

Mona friert und zieht ihren verwaschenen gelben Schal über den Mund und atmet durch die Wolle kräftig ein. Den Schal hatte sie in ihrer Teenager-Zeit von ihrer Großmutter zu Weihnachten bekommen. Sie war enttäuscht, hatte insgeheim auf etwas Westgeld für eine Jeans aus dem Intershop gehofft. Das sickerte jedoch nur über die andere Großmutter in die Familie, denn die Mutter der Mutter war eine Westoma.

Allerdings waren es eher kleine Scheine, die sich irgendwo in dem zur Vorweihnachtszeit eintreffenden Paket verbargen. Und auch diesen Paketen merkte man an, daß jenseits der Mauer genauso gerechnet wurde wie diesseits. Vorrangig enthielt die »Geschenksendung: keine Handelsware« Backzutaten für Stollen. Ein Handel war es trotzdem, denn ein Teil der Zutaten trat in Form von Stollen wieder die Rückreise an. »Wenigstens paar Stäbchen hätten se reinlegen können«, jammerte der Vater.

»Stinken nich anders als die Ostzigretten«, verteidigte die Mutter.

»Schmecken aber besser, so paar anständige Overstolz. Mensch, da piepts ganz anders in der Lunge.«

»Die hams och nich so dicke«, sagte die Mutter und dachte bei sich: Paar Strumphosen und für die Kleene ne Kleenigkeit hätts sein gekonnt.

Immer an einem 12. Dezember knetete Monas Mutter die aus dem Westen geschickten Zutaten mit Ostmehl und Ostbutter zu Stollenteig. Nachdem der Teig das erste Mal gegangen war, karrten ihn Mona und die Mutter in einem roten Asch per Handwagen in die Bäckerei, zum Abbacken. Sie wohnten in einem Ort in der Lausitz; auf der einen Seite der Hauptstraße lag das Bauerndorf mit Höfen, Ställen und Feldern, auf der anderen die Arbeitersiedlungen und die Fabriken. Tagebaue fraßen sich aus allen Himmelsrichtungen und seit Jahrzehnten immer näher heran, und über allem wehte die ewige schwarze Fahne der Brikettfabrik.

Der Bäcker wirkte den Teig durch, portionierte Teigflatschen, die er mit Schwung auf den Holztisch schmiß, rollerte sie nacheinander, klatschte sie zum Schluß noch mit der flachen Hand ab und reihte sie zu den schon wartenden Teigkugeln anderer Leute. Die Mutter wachte mit Argusaugen darüber, daß der mehlbemützte Bäcker ihre Stollenzeichen in die richtigen Teigboller steckte. »Sind nämlich gude Zutaten drinne, ausm Westen, von Eltern«, sagte sie.

Der Bäcker zupfte von einem Boller drei Finger voll Teig ab, steckte ihn unter seinen Schnauzbart, ließ den Schnauzbart lange kreisen und schmeckte mit geschlossenen Augen. Mit einem letzten Hüpfer des Schnauzers verabschiedete sich der Teig aus dem Mund und trat seine Reise durch den dicken Bäcker an.

»Na ja«, faßte der das Resultat seiner Probe zusammen, »warn schon immer bissel geizig deine Eltern.«

»Bloß, weil se dein gepanschtes Zeug nich gekooft ham! Mensch, warn ja och schlechte Zeiten damals, Krieg und was weeß ich alles!«

Sie beließen es dabei. Inzwischen war der Teig noch mal gegangen, und der Bäcker stieß die Boller zusammen, knetete und murmelte sie, ehe er die Stollen formte und in den Ofen schob.

Am nächsten Tag holten die Mutter und Mona die fertigen Stollen. Sie legten ein Brett über die Seitenwände des Handwagens, schichteten die Stollen nebeneinander auf das Brett und deckten über alles ein weißes Tischtuch.

Die Räder rumpelten über das Kopfsteinpflaster der Hauptstraße. Mona hielt das Brett fest, die Mutter zog den Wagen und sang Weihnachtslieder. In die langgezogene Kurve hatten die Straßenbauer einen dunklen Mittelstrich gepflastert und die Jahreszahl des Straßenbaus, 1936, eingeschrieben.

Am nächsten Tag belud die Mutter ihr Fahrrad mit drei Paketen und lief mit Mona ins Dorf, das längst Stadtrecht hatte. Vor einem großen Fenster hievten sie die drei Pakete auf eine Ablage, klingelten den Postvorsteher Treukow hervor, der schnell noch überprüfte, ob sein Hosenstall auch zu sei, und gaben die Pakete auf zur Westreise.

Zu Hause lagerte die Mutter die restlichen Stollen nebeneinander in der großen Schublade der Wäschekommode im Schlafzimmer.

Der Anschnitt fand nach sieben Tagen statt. Dazu tranken die Eltern Päckel-Kaffee von Eduscho aus den durchsichtigen Porzellantassen des »Guten Geschirrs«. Der Schmetterlingstropfenfänger an der Kanne bekam nach dem Eingießen die Augen mit einer Warmhaltemütze zugedeckt, und das Sahnekännchen sandte Duft von Westkakao aus: Van Houten. Das Holländermädchen auf der Kakaoverpackung lächelte Mona in die Weihnachtszeit und mußte neben dem Stollen auf dem Kaffeetisch stehen.

Zu ihrem einzigen Besuch kam die West-Großmutter nach langem Hin und Her. Der Großvater wollte seine Frau nicht rüber fahren lassen: Die Kommunisten fangen dich weg! Die Sehnsucht nach der Tochter besiegte schließlich die Angst vor dem Großvater und die vor den Kommunisten; eben in dieser Reihenfolge.

Monas Vater wollte die Oma zunächst von Dresden mit dem Bus herkommen lassen. »Da wird se keene Zigaretten im Koffer mitschleppen«, argumentierte die Mutter. Das leuchtete dem Vater ein, und er bestimmte: »Meinetwegen, fahrt und holt se, aber mit Kerstan, Heiner!«

Heiner Kerstan war Rentner, Pennsjonär, wie er näselte, und Gefälligkeitsfahrer. Deshalb blieben seine Fahrten unschlagbar billig. Allerdings benutzte er für seine Gefälligkeiten einen Wagentyp, der sich schon damals kaum noch auf den Straßen behauptete. Wo bei anderen aus der Brusttasche des Sakkos ein Seidentuch lugte, trug Heiner Kerstan eine ausgediente Unterhose als Putzlappen für seinen P 70 bei sich.

Der Pennsjonär Heiner Kerstan umkreiste in seiner bis zu den Knien reichenden Jacke den P 70, wienerte Stunde um Stunde und wartete auf Kunden.

Die kamen in Gestalt des Jugendweihlings Mona und ihrer Mutter. Heiner Kerstan feudelte über den Türgriff und schätzte die Lademasse der Mutter ab, die Tochter würde nicht weiter ins Gewicht fallen.

»Wo solls denn hingehen, gnädige Frau, bitte schön?«

Das mit der gnädigen Frau verriet ihn als einen Mann alter Schule, seine Geschäftspraktiken hingegen waren voll auf den real existierenden Sozialismus abgestimmt. Ansonsten war er per du mit Monas Mutter.

»Nach Dresden, Muttern abholen zur Jugendweihe von Monan.« Die ausgehandelte Abfahrtszeit ließ genug Reserven zu. »Man weiß nämlich nie, was passiert«, sagte Kerstan.

Am Abholtag trieb die Maisonne das Quecksilber im Thermometer auf 28 Grad hoch, was Heiner Kerstan jedoch nicht davon abhielt, in seinem P 70 bei geschlossenen Fenstern kräftig zu heizen. Ohne Heizung würde die Fahrertür aufgehen, begründete er, und den Fahrtwind vom offenen Fenster vertrage er auch nicht. Mona japste hinten nach Luft und sinnierte über den Zusammenhang von Heizung und Fahrertür bei einem Auto namens P 70.

Auf Bahnsteig acht im Dresdener Hauptbahnhof warteten Mona und die Mutter auf die Ankunft der West-Großmutter. Der Bahnsteig war voller Abholer, Zigarettenkippen und Taubendreck. »Na, wieviel Verspätung wird de Deutsche Reichsbahn der DDR heute ham?«

»Einhundertdreißisch Menutden, der D-Zug aus Köln, voraussischtlisch.« Es war, als freue sich die gegen das Sächseln ankämpfende Reichsbahn-Frauen-Lautsprecherstimme über die Verspätung. Auf dem Bahnsteig meckerten die Leute gruppenweise. In der schlierigen Glaskuppel des Bahnhofsdachs wechselte der blaue Sonnen- mit dem Sternenhimmel. Die Tauben gurrten und versammelten sich auf den Eisenstreben über dem

Bahnsteig – wie Möwen, die auf die Ankunft eines Fischkutters warteten.

Die Reichsbahn hielt Wort: Einhundertdreißig Minuten, keine mehr, und die Bremsen quietschten am Bahnsteig acht.

Diese Wagen hatten also in Köln auf dem Hauptbahnhof gestanden, heute früh noch, dachte Mona. Die Meckergruppen lösten sich auf, Familien trennten sich auf der Suche nach der Tante, dem Onkel, der Oma oder dem Opa: Sind sie diesmal hinten oder vorne im Zug oder gar in der Mitte? Sind sie rechtzeitig zur Tür gegangen mit den Koffern, oder warten sie bis zuletzt?

Hier war die Endstation, da brauchte man keine Verpaß-Angst beim Aussteigen zu haben. Die meist älteren Leute kraxelten, vom Sitzen noch steifbeinig, die steilen Waggontreppen hinunter, die Sachen klebten am Körper, die Koffer waren wuchtig und schwer. Und über allem waberte ein aus den Waggontüren quellender Hauch von Westen. Und die Bahnsteigleute und die Zugleute vermischten sich, und bei manchem wußte man nicht mehr, zu welcher Sorte er gehörte, und die Abholer genossen die Verwechslungsmöglichkeit. So beginnen Weltsysteme zu zerbröseln!

Heiner Kerstan erwartete die Abordnung von Bahnsteig acht geduldig in seinem P 70. Auf der Heimfahrt wurden sie von einem Gewitterregen überrascht. Mona folgte mit dem Kopf den Bewegungen des Scheibenwischers: Hin, her, hin, her … Das Kind wurde für die Unterhaltung nicht benötigt. Hin, her, hin … klack, und ein Gestängearm ruderte in der Luft. Die Scheibenwischer verharrten in der Mittelstellung. Heiner Kerstan fuhr rechts ran, griff ins Handschuhfach und förderte eine Taschenlampe zutage. »Haben wir gleich, Gnädige Fraus«, sagte er, öffnete die Fahrertür, streckte unerschrocken die Beine in den Regen und tauchte unter das Armaturenbrett.

Die Großmutter schnupperte in den Schwall frischer Luft: »Hier riecht sogar der Regen anders. Teuflischer!«

»Von der Braunkohle«, sagte Kerstan von unten und splintete das Gestänge fest. »Hier ist nicht alles schlecht«, sagte die Mutter.

Mona wird später von dem Schweden Valsbjerg erfahren: Der Regen wusch aus dem sozialistischen Himmel den Schwefel der Braunkohlenabgase. Nach dieser Belehrung im sauer geregneten Wald jenes Zeltlagers lud Valsbjerg sie auf einen Schluck in sein Zelt ein. Der Mit-Zeltbewohner Peter Noack ging derweil das Lagerfeuer hüten.

Im Zelt surrten Mücken. Valsbjerg schluckte trocken und sagte: »Mach mal schön die Augen zu.« Er befummelte ihre Bluse und verhedderte sich in der Knopfleiste. »Beim ersten Mal kann es weh tun«, sagte der Mann aus dem freizügigen Bilderbuch-Land der Blondinen zu dem rothaarigen Puttel des vermieften Ostens.

»Ist es denn dein erstes Mal?« hatte Mona darauf erwidert.

Waldemar Wassinke sitzt am Küchentisch. Er grübelt und wartet auf die Dunkelheit. Sie kriecht allmählich vom anderen Ufer herüber und sackt zuerst den ausgetrockneten Teich zu. Johanna ist schon eine Weile wieder weg. Sie hatte seinetwegen extra Hefeklöße gemacht, hatte Geschirrtücher über wassergefüllte Töpfe gespannt und die Klöße zum Dampfgaren draufgelegt. So sehr Wassinke jemanden braucht, mit dem er über alles reden kann, so wenig darf er Johanna mit reinziehen. Es ist alles schlimm genug.

Außerdem hatte ihn geärgert, wie Johanna von diesem Bollhagen von der Kripo schwärmte: Arm angeboten. Alles so städtsches Gehabe.

»Ist schon alles besser so«, murmelt Wassinke und fröstelt dem abgebrannten Feuer hinterher. Die Dunkelheit greift nach dem Hof. Wassinke braucht den Schutz der Finsternis. Noch zehn Minuten, dann kann er sich auf den Weg machen.

Wassinke steht auf. Er zerrt an dem Küchenschub, um an die Taschenlampe zu kommen. Aber der Schub läßt sich kaum bewegen. Wassinke zerrt mit beiden Händen an dem Metallgriff und verbiegt ihn dabei. Ohne Taschenlampe ist Wassinke aufgeschmissen. Er ruckelt. Zwei Zentimeter gibt der Schub nach. Mit einem Schraubenzieher hebelt er in den Spalt. Wassinke schwitzt und ringt nach Atem. Hat er zu lange gewartet? Ist er auch körperlich am Ende, wenn ihn schon der Schub aus dem Rennen nimmt? Endlich hat er die Taschenlampe herausgeangelt. Er setzt sich wieder und fährt sich über die Stirn. Er hat das mit Ruth zu lange hinausgezögert. Die Zeit hat ihn umstellt mit Altersgebrechen, und nun noch das mit dem Noack und dem Bollhagen.

Hoffentlich schafft er es überhaupt noch. Der Spaten steht im Bootsschuppen bereit und der Handwagen auch.

Die Dunkelheit ist in der Küche angekommen. Es ist still. Die zwiebelmustrige Küchenuhr tickt nicht mehr. Ihre Feder ist schlapp, zweimal am Tag muß sie aufgezogen werden. Wassinke hat das früher nie versäumt. Aber seit Noacks Tod fehlt ihm gerade für solche Kleinigkeiten die Kraft. Wie widersinnig das ist, da zeigt einem die Uhr tagein, tagaus die vergehende Zeit an, aber an der Uhr selber ist die vergangene Zeit nicht ablesbar. Runde um Runde kreisen die Zeiger, zerlegen das Leben in einen Rhythmus. Und während das Leben die Zeit sammelt, fängt die Uhr immer wieder von vorn an. Und vielleicht, so hatte sich Wassinke mit der Ruth überlegt, ist das mit dem Leben dann doch so: Wenn man den Halbkreis nach dem Tod mit dazunimmt, gibt es wieder einen Anfang. Und deshalb ist ein sicheres Grab so wichtig. Wassinkes Kopf nickt ab. Die Aufregungen und die Dunkelheit haben dem Schlaf eine Bresche geschlagen. Er schreckt hoch. War da ein Lichtschein? Oder hat er geträumt? Plötzlich fühlt er sich wehrlos. Was hat er entgegenzusetzen?

Deshalb muß er bald in die Kirche. Er darf nicht wehrlos bleiben, sonst kann er seinen Auftrag nicht erfüllen.

Tatsächlich, da ist ein Lichtschein! Wassinke klemmt einen Küchenstuhl unter die Klinke. Außerdem nimmt er das spitze Küchenmesser, mit dem Johanna zuerst die Butter für die Hefeklöße geschnitten und dann die Blaubeeren im Anker-Einweckglas umgerührt hatte. Wassinke schüttelt den Kopf und legt das Messer zurück auf den Tisch.

Ein Auto biegt ein. Bollhagen? Der aufgeblendete Scheinwerfer tastet den Hof ab und strahlt plötzlich ins Küchenfenster. Wassinke ist jetzt also nicht mehr unsichtbar. Das Scheinwerferlicht bleibt stehen.

Wassinke preßt sich an die Wand. Er rührt sich nicht. Wenn er doch bloß die Pistole hätte. Vor die Scheinwerfer tritt eine Gestalt, groß und massig, und gestikuliert. Der Schwede. Ist er doch gekommen.

Die Turmuhr schlägt. Mona schlendert durch die Fußgängerzone. Am Ende der Straße bauen Arbeiter in leuchtstreifenbesetzten Overalls eine haushohe Pyramide für den Weihnachtsmarkt auf. Die Kosten für den Aufbau übernimmt in diesem Jahr offenbar *Fjellfall*, denn die Bergmannsfiguren tragen auf ihren Zylindern das schwedische Firmenzeichen. Mona hört die Mailbox ihres Handys ab. Wie erwartet hat Bruno darauf gesprochen. Er sei nun auch nicht mehr zu erreichen. Der Ton mißfällt Mona. Sie ist nicht sein Besitz. Dann redet sie sich Erfreuliches in Brunos bissige Nachricht: Eifersucht!

Also auf zum Italiener! Die Geschäfte werden bald schließen. Die Stadt bereitet sich auf das allabendliche Sterben vor. Allein der Akkordeonspieler vor dem Grossling-Kunst-Gestänge scheint wach und wacher zu werden.

An der Tür zum »Venezia« kleben die Kreditkarten-Zeichen. Die Tür zischt automatisch auseinander und gibt den Weg frei zu einer Brücke, über die Mona in das innere Venedig gelangt. Die Pappmachéwelt drinnen erinnert ein bißchen ans »Musikantenstadl«, ein bißchen aber auch an eine Kulisse für einen Film über den Spartakusaufstand.

Ein dunkelhäutiger, schwarzhaariger Kellner, so um die Dreißig, dienert heran. »Sinora«, sagt der Kellner und greift nach Monas Jacke. Einen Moment zögert Mona, weil der Typ weder ins Musikantenstadl noch zum Spartakusaufstand, sondern eher zur Mafia paßt.

Schließlich steckt sie ihren Schal in den Ärmel, übergibt die Jacke und preßt die Schultertasche zwischen Arm und Körper. Für Bruno Bollhagen ist das eine affige Tasche. Grossling hatte auf den ledernen Klappdeckel ein Werk seiner Folge »Kleine Früchtchen« gebrannt. Und nur er und Mona wissen um das Original dieses Früchtchens.

Der Kellner dreht mit Schwung ein und tänzelt zur Garderobe. Seine Brieftasche steckt im Hosenbund. Die Garderobenhaken sind Nachbildungen venezianischer Gondelschnäbel.

Mona sitzt noch nicht richtig, da ist der Kellner schon wieder da und schnipst mit dem Feuerzeug, um die obligatorische Kneipenkerze anzuzünden. Unter dem Kellnerarm klemmt die Speisekarte. Mona winkt ab und bestellt einen Lambrusco. Auf dem für Valsbjerg vorgesehenen Stuhl landet die Tasche mit dem Bild nach oben. Na, wenn der wüßte … Wer eigentlich, Valsbjerg oder der Kellner?

Mona hängt ihren Gedanken nach, da beginnt das »Venezia« mit seinem Kulturprogramm. Ein Scheinwerfer beleuchtet eine venezianische Gondel, in der ein Mann mit Gitarre in O-sole-mio-Pose verharrt. Ein Kitschpostkartenbild, das sich mit den ersten Gitarrenklängen in Bewegung setzt. Mona sieht genauer hin. Der stattliche Hintern des Sängers balanciert den Bauch aus, und ein pechschwarzes Oberlippenbärtchen verleiht dem Mann italienisches Flair, obwohl auf seinem Kopf ein wagenradgroßer Sombrero sitzt. Der ist so ausladend, daß der Kellner beim Durchlaufen der Gasse zwischen Gondel und Tischen mit dem Oberkörper immer eine Kurve einlegen muß.

Valsbjerg hat auch dem Kellner keine Nachricht hinterlassen. Was weiß Valsbjerg über den Tod von Peter Noack? Bestimmt ist er wegen dieser Tagebau-Geschichte nach Deutschland gereist, wenn Mona auch insgeheim hofft, daß er die Verabredung hauptsächlich ihretwegen eingerührt hat. Vielleicht erfährt sie sogar etwas, das für Bruno von Nutzen ist. Keimt da schlechtes Gewissen gegenüber Bruno?

Die Frauen vom Nachbartisch winken den Gondoliere aus dem ausrangierten Spreewaldkahn zu sich. Beim schwerfälligen Übersteigen der kippligen Bordwand erstirbt das Lächeln unter dem Italienerbart. Der Mann strauchelt kurz, stapft dann aber zur Begleitung eines Gitarrenakkords ein feuriges: »Ohleee!« vor die nicht mehr ganz züchtig geschlossenen Frauenbeine.

Eine etwa fünfzigjährige Korpulente drückt von hinten ihren Busen an den Rücken des Sängers und steckt ihm zwanzig Euro zwischen die Knöpfe seiner Weste. Sie wünscht sich »Napoli«.

Der Lambrusco ist süß und erinnert Mona an aufgeschäumtes *Balkanfeuer*, die billigste Variante eines rotweinähnlichen Getränks in der DDR. Wer weiß, ob da überhaupt Wein beteiligt war. Mona hatte von Bollhagen gehört, daß die Ersatzstofforscher der DDR noch immer gutbezahlt und streng geheim arbeiten.

»Noch einen«, sagt Mona und hebt dem Kellner die Karaffe entgegen.

Sie will nicht wahrhaben, daß Valsbjerg sie versetzt hat. So ist das im Leben, da denkst du gerade noch nach über zuviel Mann, und dann kannst du froh sein, wenn einer übrigbleibt.

Der O-sole-mio-Sänger bringt den Lambrusco. Er

nimmt vom leer gebliebenen Platz gegenüber ein Glas, gießt sich selbst ein und plumpst auf den Stuhl neben Mona. »Einsam?« Er wirft seinen Hut bis zum Kahn, reißt den Schnauzer ab und zieht die Weste aus. Aus dem typisch italienisch aussehenden Italiener wird ein typisch deutsch aussehender Italiener. Auf den fragenden Monablick sagt er: »Deutsch aussehen nicht gut für Geschäft!«

Aber Mona hat für heute genug von schwedischen Bären und italienischen Klebebärten. Sie läßt die Rechnung bringen und gibt zehn Cent Trinkgeld.

Ihr Heimweg führt sie wieder an Grosslings Kunstwerk mit dem Akkordeonspieler vorbei. Er spielt extra für Mona und singt auf russisch etwas von Liebe, Heimat und Ewigkeit. Sie kennt einige Wörter noch aus dem Russischunterricht, den Rest kann sie sich selbst zusammenreimen. »Ja ljublju tebja!« Der Mann sieht in den Himmel, als wüßte er, daß auch dort die Liebe keine Erfüllung findet. Zwei Takte lang faßt der Mann unter das Akkordeon an die Stelle des Herzens. Und er trifft damit Monas Gemütsverfassung, die losheult und einen 50-Euro-Schein in den durchweichten Filzhut legt, in dem ansonsten klägliche 20-Cent-Münzen blinken.

Zehn Minuten später sieht Mona den Filzhut neben sich und spürt einen Schlag. Sie geht in die Knie. Der Schlag war nicht entschlossen genug; das liegt vielleicht an ihren Tränen vorhin oder an den 50 Euro. Der Mann durchsucht sie und redet hektisch vor sich hin, weil er nur Portemonnaie und Handy findet. Er tastet im dunklen Gestrüpp einer Grünanlage nach der weggeflogenen Tasche.

»Ja ljublju tebja!«

Mona nutzt das, um durch ein zerschlagenes Fenster zu kriechen. Sie landet im Schutt des *Sternchens* und hält die Luft an. Draußen flucht der Akkordeonspieler. Nun wird er doch ablassen von ihr, hofft sie. Sie bleibt regungslos sitzen und verkriecht sich in ihren Schal. Sie will sich von dem Akkordeonspieler wegdenken, der mit dem Fuß in den Sträuchern nach ihr stochert, sich aber immer weiter entfernt. Da ist Mona also wieder im *Sternchen* angekommen.

Als *Mokkamilcheisbar* besungen, leuchtete dieser architektonische Stern in die ganze Republik. Vor der Eingangstür warteten die Leute geduldig bis zum »Sie werden plaziert«. Drinnen pulste das Leben im westlichen Rhythmus des »Give peace a chance« für zwanzig Pfennige der DDR aus der Jukebox, die manche tapfer Schallplattenbox nannten. Und nur der Gaststättenleiter drückte immer mal die Taste von Chris Doerk, Thomas Lück oder Frank Schöbel. Beim Bücken nach den Auswahlknöpfen hielt er mit einer Hand den Entenarsch seiner Elvis-Frisur zusammen und programmierte mit der anderen fünf Titel vor. Schließlich war es seine Pflicht, das 60-zu-40-Verhältnis von Ost- und Westtiteln zu wahren. Durch seine Eingriffe kam er wenigstens auf zwanzig Prozent Osten. Hier hat Mona ihren ersten Erdbeershake getrunken. Und Shake – das klang so nach Amerika, daß es egal war, wie das Zeug schmeckte.

Nun soll das *Sternchen* vom Himmel der Stadt verschwinden. Als gezackte Ruine wartet es auf den Abriß, soll Platz machen für ein gigantisches Einkaufszentrum.

Ein Rascheln und Tapsen schreckt Mona auf. Ihr gegenüber streift ein Lichtschein über das Geröll. Hat der Kerl sie gefunden, oder ist es das Außenlicht vom Haus gegenüber? Über den schmalen Lichtstreifen huschen Ratten.

Das Bootshaus hat keine Dachrinne. Das Regenwasser tropft an den Seiten herunter und wäscht kleine Krater aus. Wassinke kippt den Hackklotz vor dem Bootshaus um. In das Holz ist unten von der Erdfeuchte ein Hohlraum gefault. Tausendfüßler und Kellerasseln fliehen aus dem Lichtschein der Taschenlampe. Verschlafen zieht ein Regenwurm sein bleiches Ende in die krümelige Erde zurück. Papierdünne Gänge und Unterschlupfe fallen ein. Wassinke schaufelt mit der Hand noch eine kleine Kuhle in die Erde. Ein gutes Versteck! Morgen will der Schwede die Filme wieder abholen.

»Die alten Wasserdaten der Kohleregion«, hatte der Schwede gesagt und mit der Filmtüte gewedelt, »mit denen wollte Peter eine Riesensauerei beweisen.«

»Hat er aber nicht«, erwiderte Wassinke darauf und ärgerte sich im gleichen Moment, daß ihm das rausgerutscht war. »Er ist nicht mehr dazu gekommen«, sagte der Schwede, »das ist der Schlüssel zum Mörder! Bei dir sind sie sicher, versteck sie bis morgen.« Wassinke schiebt die Plastetüte mit dem ICA-Logo in den Hohlraum.

Da hatte der Peter Noack dem Feinniger die Filme unter dem Arsch weg aus seinem Büro geklaut, und das hatte ihm, Wassinke, mächtig imponiert. Sie beide zusammen, Noack und Wassinke, wären nicht so einfach wegzupusten, dachte er damals. Schiß hatte der Noack keinen, und gerissen war er auch, hatte die Filme irgendwie dem Schweden zugespielt.

»Ich bringe das zu Ende«, hatte der Schwede gesagt,

»bis morgen.« Wassinke richtet den Hackklotz wieder auf. Er glaubt nicht daran, daß die Filme hier sicher sind. Sie werden alles daransetzen, das belastende Material zu finden. Da könnte es auch für den Schweden gefährlich werden.

Diese Tüte mit den Filmen verändert alles, das weiß Wassinke. Und der Bollhagen wird weiter schnüffeln. Und wie soll er Johanna schützen? Und das Einlösen seines Versprechens gegenüber Ruth wird von Tag zu Tag schwieriger. Auch deshalb muß Wassinke zuerst die Pistole aus der Kirche holen.

Er nimmt seine Kaninchenfellmütze vom Haken der Flurgarderobe. Unschlüssig dreht er sie in den Händen. Sie riecht muffig, und das Fell strotzt vor kahlen Stellen, aber wenigstens halten die Ohrenklappen den Wind ab. Nur hört er dann nicht mehr so gut. Er legt die Mütze zurück.

Mit der Taschenlampe überprüft er nochmals, daß der Hackklotz genau am alten Platz steht. Vorsichtig drückt er mit der Hand die Grasnarbe wieder an. Die Welt unter dem Hackklotz bleibt zerstört.

Mona denkt an den Tag, da sie zum ersten Mal das *Sternchen* besuchte. Einer ihrer damaligen Verehrer, der Intendant des hiesigen Theaters, hatte eine Einladung bekommen:

Die Bezirksleitung der Sozialistischen Einheitspartei Deutschlands gibt sich die Ehre, Sie und Ihre Begleitung in die HO-Gaststätte »Sternchen« zum Empfang anläßlich des 40. Jahrestages der Deutschen Demokratischen Republik einzuladen.

Mit sozialistischem Gruß ….

Der Intendant liebte die jungen Frauen. Mona hatte einen Hang zu Künstlern. Also willigte sie ein. Der Intendant holte sie sogar ab.

In der Republik brummelte es. Monas Zimmerwirtin guckte Westfernsehen und faßte die Ausbeute zusammen: »Mein Gottl, das ist keine Zeit für Liebe, son Umsturz, Kind!« Die Zimmerwirtin war fünfundvierzig aus Breslau geflohen und brachte also Erfahrungen mit Umstürzen mit.

Mona knarrte über die Dielen ihres Eckzimmers in der ehrwürdigen Villa. In der stelzbeinigen Sechziger-Jahre-Vitrine lag ein sorgfältig gefalteter Bogen Einwickelpapier. *Fleischerei Neumann, Breslau, Fürstengasse 10*, stand darauf. Die Zimmerwirtin hatte den Blick des Intendanten bemerkt: »Das war unsere Fleischerei!«

»Sie hätten sich wieder einen Mann suchen sollen«, sagte Mona.

»So einfach ist das nicht«, erwiderte die Vermieterin.

Da hatte Mona gänzlich andere Erfahrungen. Sie zog ihr rotes Ausgehkleid an, ging noch mal »auf halbe Treppe« und marschierte Hand in Hand mit dem Intendanten ins *Sternchen*.

Es war der Tag, an dem in der Stadt die Revolution begann. Ja, etwa in dem Augenblick, als der Intendant probehalber seinen Arm um Monas Hüften legte, begann draußen die Revolution.

Der Intendant orakelte über die Zukunft des realen Sozialismus auf deutschem Boden in seinem Theater.

Dann, vor dem *Sternchen* waren Sprechchöre der Demonstranten zu hören, hielt der Erste Sekretär der Bezirksleitung der SED eine kämpferische Rede. Er sprach von Ratten, die das Schiff verließen, weil sie glaubten, es sinke. Aber dieses Schiff – und jetzt modifizierte er ein berühmtes Zitat seines Generalsekretärs – halte weder Ochs noch Esel auf. »Wir verschließen nicht die Augen vor der Realität. Dieses renovierungsbedürftige *Sternchen* der sozialistischen Architektur wird im nächsten Planjahr von Grund auf saniert. Dazu begrüßen wir den Leiter des Hauses in den Reihen der Arbeiterklasse«, donnerte der Erste Sekretär über die festlich gedeckten Tische zu den Feierstundenteilnehmern.

Das war der Handel: Der Parteibeitritt des Gaststättenleiters gegen die Bewilligung der Baukapazitäten.

Der Gaststättenleiter, dem der Entenarsch längst ausgefallen war, schritt nach vorn und nahm sein Parteibuch in die Hand. Der Intendant dagegen, als Künstler und Seismograph der Gesellschaft, kümmerte sich vor allem um Mona. Ob sie denn schon einmal ein ganzes Theater für sich allein gehabt hätte? Er, der Intendant, könne das arrangieren, am besten sofort, vom *Sternchen* bis rüber ins Theater brauche man keine fünf Minuten.

Eine halbe Stunde später wippten Monas stramme Brüste im Takt des Reitens. Ihr Kopf erschien beim »Auf« über dem Fensterbrett, um beim »Ab« wieder kurz zu verschwinden. Die Vorhänge der Intendantenbude waren gerafft wie bei einem Kasperletheater. Unter ihr mit Dreitagebart der Intendant, der nackt war bis auf seinen Künstlerschal. Jedesmal, wenn ihr Kopf über den Horizont des Fensterbretts wippte, sah sie auf den Theatervorplatz. Und plötzlich hörte sie auf zu juchzen: »Jetzt gehts los!«

»Bei mir noch nicht.« Schon klang es dumpf herüber: »Wir sind das Volk!« Der Intendant wurde blaß. Mona stieg ab. »Die stürmen dein Theater!«

Es hämmerte gegen die Türen. »Der Pöbel«, sagte der Intendant, »wird die Kunst kurz und klein hauen.«

Da riß Mona das Fenster auf und schrie barbusig: »Die Bonzen prassen im *Sternchen*!! Alles mir nach!!!!«

Die Leute meinten Jeanne d'Arc am Fenster gesehen zu haben und kehrten um in Richtung *Sternchen*. Sie trugen Mona auf ihren Schultern.

Auf dem Theatervorplatz rollten derweil die Köpfe der Balustradenfiguren. Es waren die von Herkules und Thalia, von Arbeiterhänden abgerissen bei dem Versuch, Mona-Jeanne d'Arc aus dem Fenster der Intendantenbude zu hieven.

Die Kirche liegt in der wattigen Finsternis der ausgeräumten Landschaft wie ein waid geschossenes Wild – und nicht wie eine feste Burg ist unser Gott.

Von wegen! Feinniger wird die Kirche im Namen der schwedischen Firma abreißen lassen, und das mit dem Segen des jungen Pfarrers. Für die Kirchenoberen ist es ein gutes Geschäft: Sie erhalten eine Menge Geld als Entschädigung und haben eine Kirche weniger zu unterhalten.

Wassinke vergißt alle Vorsicht und lacht bitter. Die deutschen Siedler bauten als erstes die Kirche im Wendenland, jetzt können sie das Gotteshaus nicht schnell genug abreißen.

Er wird sich die Pistole holen, und dann kann ihm keiner was. Keiner!

Wassinke spürt Veränderungen. Er stolpert und fällt in das ausgehobene Grab der Gutsherrin vor dem Portal der Kirche. Seine Hüfte schmerzt. Wenn er sich jetzt was gebrochen hat, ist alles verloren. Er ist mit dem Gesicht in den lockeren Sand gefallen. Den Sand wagt er nicht auszuspucken, nur mit dem Jackenärmel wischt er über die Zunge. Das schmeckt eklig. Er lauscht aus dem Grab heraus.

Vorsichtig tastet er sich an den Eingang, stemmt die Tür auf und erwartet jeden Moment, daß etwas passiert. Dieses Nichts ist noch schlimmer als ein Schlag auf den Kopf. Auf allen vieren kriecht er ins Kirchengestühl. Hier harrt er aus. Und allmählich fühlt er sich überlegen. Die Kirche kennt er, hier bleibt er immer Sieger.

»Mit einer Klage schützt du auch die Kirche«, hatte Noack den zögerlichen Wassinke überredet.

»Haufen Geld sone Klage, die stecken doch alle unter einer Decke!«

»Wir kämpfen um deinen Wald und die Kirche und deine Glocken«, hatte Peter Noack versprochen. Das hat Wassinke beeindruckt, und er hat dem Peter Noack von den Geheimnissen um die Kirche erzählt.

Früher, in seiner Jugendzeit, steckten einige der sonntäglichen Kirchgangsmänner ihre angerauchten Zigarren in die Ritzen der Feldsteinmauer, um sie nach dem Gottesdienst weiterzurauchen. Die Dorfjungs haben die Kippen dann zwischengeraucht.

Einmal fiel die Predigt ganz überraschend aus. Die Pfarrersfrau lag in den Wehen. Die Zigarren waren vom Zwischenrauchen noch verdächtig warm.

Am nächsten Sonntag hatte der Pfarrer wieder mehr Zeit. Er unterbrach seine Predigt für einen Anschauungsunterricht: Draußen standen die Jungs und kotzten in den Weiher. Die Enten schnatterten und schnäbelten durchs Wasser. Die Väter hatten die abgelegten Zigarren mit Pferdehaaren präpariert.

Waldemar Wassinke erholte sich erst nach zwei Tagen. Ihn hat das auf ewig vom Rauchen kuriert.

Wassinke faßt nach den Stricken der Glocken. In die rechte Hand die große, in die linke Hand die kleine Glocke. Die verschieden großen Glocken haben beim Läuten unterschiedlichen Schwung. Da mußte man aufpassen, besonders beim Anhalten sollten sie nicht nachschlagen. Darauf haben die Dorfleute immer geachtet, und der kleine Waldemar Wassinke hing so manches Mal am Strick und bremste den Schwung der Glocke mit seinem Körper, wobei es ihn so hoch zog, daß er die Inschrift an der großen Glocke lesen konnte: *Und den Menschen ein Wohlgefallen. Amen.*

Die Geschichte verlief weniger wohlgefällig. Zweimal ging es den Glocken ans Einschmelzen:

Das erste Mal im Dreißigjährigen Krieg, als die Dorfleute die Glocken im Weiher versenkten, um sie vor den Schweden zu sichern. Die Glocken überstanden den Krieg. Das Dorf und die Menschen nicht.

Niemand wußte mehr, wo die Glocken waren. Bis die Mönche des nahen Klosters auch den Kirchweiher für die Fischwirtschaft an ihr Grabensystem anschlossen und das Wasser zum Abfischen ablaufen ließen. Da tauchten aus dem Schlick des Teichgrunds die Glocken auf. Das nahmen die Mönche als Fingerzeig Gottes und Belohnung für ihre Rechtschaffenheit. Sie nannten den Hügel fortan Wolkenberg und gründeten ein neues Dorf.

Die zweite Rettung griff auch in Wassinkes Leben ein. Bevor die Glocken zum Einschmelzen abgeholt werden konnten, versteckten der Pfarrer und Wassinkes Vater sie wieder im Weiher.

Die Blüten des Sommerflieders vor dem Pfarrhaus hingen voller Schmetterlinge. Die Schritte zweier Männer scheuchten die Schmetterlinge auf. Waldemar Wassinke saß gegenüber in der Dorfschule auf einer tintenbeklecksten Schulbank am Fenster. Der Pfarrer stand in der offenen Tür, als hätte er auf die beiden Uniformierten gewartet. Sie nahmen den Pfarrer in die Mitte. Am Gartentürchen bückte er sich und brach einen blühenden Zweig vom Sommerflieder ab. Die Männer zerrten den Pfarrer hoch und stießen ihn in ihr Auto.

Als Waldemar zu Hause von der Verhaftung des Pfarrers erzählte, sagte die Mutter zum Vater: »Der nächste bist du!«

»Der verrät nichts«, sagte der Vater, »Gott hilft uns!«

Der Pfarrer hatte tatsächlich nichts preisgegeben, und das war auch der Grund für eine Reise, die Wassinke erst als Rentner mit dem blauen Reisepaß der Deutschen Demokratischen Republik antreten durfte. Mit einem riesigen Strauß Sommerflieder aus dem Pfarrgarten fuhr er nach Plötzensee, wo der Pfarrer hingerichtet worden war. Den Strauß hatte er mit einer Schleife umwickelt: *Das Schwerste ist das Schweigen.*

Hat es etwas genutzt? Ist es menschlicher geworden in der Kirche und drumherum? Da ist er wieder bei seinem Halbkreis nach dem Tod, das muß so sein, die Verantwortung reicht über das eigene Leben hinaus. Sonst wären der Tod und die Qual des Pfarrers doch sinnlos gewesen.

Wassinke hält die Schmerzen in der Hüfte kaum noch aus. Er ist heute zu viel gelaufen, und dann noch der Sturz.

Alt werden ist langsam sterben, hatte sein Vater gesagt. Der ist gar nicht erst alt geworden, sondern gleich gestorben. Hat für andere bezahlt. Eine Rechnung, die an dem Tag aufgemacht wurde, den sie später den Tag der Befreiung vom Hitlerfaschismus nennen sollten.

Brandgeruch lag in der Luft und schon eine Menge Frühling. Die Amsel in der kahlen Eichenkrone vor der Wolkenberger Kirche hämmerte ihr Frühlingslied. Der Brandgeruch kam vom Gutshaus. Der alte Gutsbesitzer hatte auf dem Balkon Stellung bezogen wie sonst immer in der Kirschenzeit. Mit einer Decke auf den Knien und einem Luftgewehr wartete er auf die Russen. Als die dann kamen, schoß er mit seinem Luftgewehr, wie er früher auf die Kirschendiebe geschossen hatte. Die Russen ließen sich aber nicht so einfach vertreiben wie die Dorfkinder.

»Mit einer Kanone und einem Panzer haben die alles weggeschruppt, samt dem alten Mäckwitz«, sagte eine Frau zu den Leuten, die sich in Flüchtlingstrecks vor der Kirche drängten. »Zimperlich sind die nicht.«

»War der Alte och nicht.«

Ein Mädchen sang: »Amsel, Drossel, Fink und Star und die ganze Vogel…«

Plötzlich krachte es. Äste flogen und schwarze Federn stoben dazwischen. Panzer staubten heran, drehten vor der Kirche ab zum nächsten Dorf. Die Leute bibberten, darunter auch Waldemar Wassinke.

Nach den Panzern kehrte wieder Ruhe ein.

Am grausamsten sind die Schlitzäugigen, raunten die Frauen in der Kirche, vermummten sich und schmierten Asche und Ruß in Haar und Gesicht. Wieder sang das Mädchen von Amsel, Drossel, Fink und Star. Es war die Ruth aus dem Nachbardorf. Trällerliese sagten die Jungs aus Waldemars Klasse zu ihr. Ruth sang gegen ihre Angst. Ihre Mutter kam nicht mehr aus der Stadt heraus, in die sie für das Kind ihrer Schwester Essen gebracht hatte.

Wie seit Jahrhunderten suchten die Menschen Schutz in der Wehrkirche.

Die Russen kamen in der Nacht, nacheinander. Mit den Handballen bewegten sie die Dynamos ihrer Taschenlampen. Es surrte, und das heller und dunkler werdende Licht griff nach den Gesichtern der in Decken eingehüllten Dorfleute. Gefiel ein Gesicht, überschlug sich das Dynamosurrren fast, und das Licht der Lampe flammte auf.

Dann verstummte der Dynamo, der Russe brauchte beide Hände zum Zufassen: »Frau mitkommen!«

Waldemar Wassinke war in sein Versteck, einen alten Fluchtgang hinter einer Grabplatte, gekrochen. Dieses Versteck hatte ihm der Pfarrer, kurz bevor er verhaftet worden war, gezeigt: »Diesen Platz darf nur einer kennen, zum Schutze der Kirche. Gott ist ewig und nicht das Leben!« Und er zeigte Waldemar den Geheimgang und hinterlegte dort das Kirchenbuch. Waldemar sollte es nach dem Krieg wieder hervorholen.

In der Morgendämmerung dieses Kriegstages trieben die Russen die Leute aus der Kirche. Danach durchsuchten zwei Soldaten die Kirche. Ihre Gesichter waren dreckverschmiert, Schlitzaugen hatten sie nicht. Sie fanden Ruth hinter dem Altarflügel mit dem gekreuzigten Christus. Sie zerrten sie hervor. Russen sind kinderlieb, hieß es. Ruth sang wieder: »Amsel Dross…«, weiter kam sie nicht. Sie war vierzehn Jahre alt. Ihre Schreie brachen sich am Altar, wurden ins Kirchenschiff zurückgeworfen und drangen bis in Wassinkes Versteck.

Plötzlich tauchte ein Mann zwischen den Kirchenbänken auf. Er schrie die Russen an. Sie beachteten ihn nicht, waren zu sehr mit Ruth beschäftigt. Wassinke sah, wie der Mann unter seiner Jacke eine Pistole hervorholte. Dann fiel der Schuß. Ruth wimmerte nur noch leise unter der Last des toten Russen. Noch ein Schuß. Jeder Schuß ein Rus, fiel Waldermar Wassinke ein. Aber die Kugel verfing sich im Altar im Dornenkranz des Heiligen. Dann hatten die Russen den Deutschen erwischt.

Niemand hatte auf das Dröhnen draußen geachtet, bis die Tür der Kirche aufsprang und ein Panzer seine Kanone in die Kirche schwenkte, kein russischer Panzer, nein, ein deutscher Tiger. War das die vom Führer versprochene wundersame Rettung? Ehe der Russe reagierte, mähte ihn eine Maschinenpistolengarbe nieder.

Der Panzer ruckte zurück. Waldemar holte das Mädchen unter dem toten Russen hervor. Der tote Deutsche war offenbar ein desertierter Wehrmachtsoffizier. Waldemar nahm seine Pistole, eine Walther P 38.

»Jetzt«, sagte er zu Ruth, »sind wir nicht mehr wehrlos.« Er nahm das Mädchen mit in sein Versteck.

Nur einer darf es wissen! Gott ist ewig und nicht das Leben. Hatte er versagt und das Vertrauen des Pfarrers mißbraucht? Viel Zeit zum Nachdenken blieb Waldemar nicht.

Eine Gruppe Wehrmachtssoldaten kam mit sechs gefangenen Russen in die Kirche. Der Offizier befahl zweien seiner Soldaten: »Ihr erledigt das mit den Russen. Kein Schuß Munition, klar! Wir müssen aus dem

Kessel ausbrechen, sonst reißen die uns den Arsch auf.« Und er zeigte auf die sechs Gefangenen.

»Schöne Scheiße, gerade wir«, murrten die Soldaten.

»Wenn wir lange rumeiern, sitzen wir im Kessel fest. Dann machen die kurzen Prozeß mit uns.« Der Soldat nahm seinen Feldspaten vom Koppel. »Wir oder die! Jeder die Hälfte. Schick sie einzeln hinter.« Hinter dem Altar jagte er dem Russen den Spaten ins Genick.

Wegen der erschlagenen Gefangenen trieben die Russen die Männer des Dorfes zusammen. Darunter auch Wassinkes Vater. Sie mußten in Schubkarren und Handwagen die Leichen vom Schlachtfeld sammeln und bestatten. Die Deutschen kamen in ein Massengrab am Waldrand, die Russen in die Dorfmitte. Auch die aus der Kirche, die mit dem Spaten erschlagenen und die erschossenen. Ein Russe griff willkürlich Wassinkes Vater heraus: »Faschist!« schrie er.

»Ich bin Widerstandskämpfer«, sagte der Vater in seiner Angst. »Ich habe die Glocken versteckt, keine Glokken bedeuten keine Kanonen für den Krieg. Ich habe sie versteckt zusammen mit dem Pfarrer, für die Menschen und für Gott!«

»Gott! Für Gott? Gott auch Faschist!«

Er holte ein Wehrmachtskoppel aus seiner Tasche und hielt das *Gott mit uns* dem Vater vor die Augen. Waldemar sah den Vater nie wieder.

Auf dem Russengrab leuchtete zu Ehren der sowjetischen Helden im Großen Vaterländischen Krieg bald der Rote Stern. Auf der anderen Seite des Platzes überwucherte Efeu das Kriegerdenkmal für die Wolkenberger Helden des Ersten Weltkriegs. Am Tag der Deutschen Einheit pflanzten die Wolkenberger den Efeu vom Kriegerdenkmal zum Roten Stern. Ein Steinmetz aus der Stadt polierte die Tafel mit den Namen der deutschen Helden.

Wassinke kriecht zu dem Versteck. Er tastet nach der Pistole, und er tastet ins Leere. Verdammt! Noch mal in aller Ruhe! Oh Gott! Sie ist weg. Er stöhnt und sucht immer hektischer, alle Vorsicht vergessend. Aber es bleibt dabei. Die Pistole ist weg. Es war die Walther P 38.

Die Ratten im *Sternchen* haben sich wieder verkrochen. Auch draußen ist es still. Vorsichtig bewegt Mona die Beine. Sie sind eingeschlafen. Mona geht wie auf Stelzen zum Fenster. Und während sie hinaussieht, kribbelt Leben in ihre Beine. Sie wirft ein Stück Putz zwischen die Sträucher. Ein Täuschungsmanöver aus Zeiten des Versteckspielens. Es rührt sich nichts. Der Akkordeonspieler wird mit seiner Beute weg sein. Und das alles hat mit dem Mord und dem Schweden und Bollhagen nichts zu tun? Nein und basta. Mona hat genug von solchen Beunruhigungen. Dennoch wird sie Bruno erzählen, welches Spiel der Lupsch damals mit ihr gespielt hat.

Der Mond hat keine Chance mehr. Das Wetter ist vollends November: Regen striemt im Wind. Die Nacht über dem Tagebau scheint unendlich. Die rot-weißen Polizei-Absperrbänder im Tagebau glänzen vor Nässe und fatschen im Wind. Eine Plane ist über einen Sandhaufen gespannt, da wird bei Tage noch weiter nach Spuren des ermordeten Bürgermeisters Noack gesucht.

Greiner sitzt mit Wirrwarr in einem Opel Corsa. Wirrwarr sieht über seinen goldenen Brillenrand und nickt zum zugedeckten Sandhaufen hin: »Warrr das nu vorrr oderrr nach de Saurrrierrr?«

»Der Noack?! Nach!!« sagt Greiner und dreht seine Polizei-Dienstmütze basecapmäßig mit dem Schild nach hinten.

»Blödmann. Das mit dem Terrrtiärrr.«

»Vorm Noack auf alle Fälle.«

»So krrriegen wir die Nacht ooch rrrum.«

»Warum uns das wieder anscheißen muß mit der Nachtwache. Ich penn zuerst!« Greiner hebelt die Rükkenlehne des Sitzes nach hinten und dreht die Mütze wieder zurück, weil sonst das Schild hinten stören würde beim Schlafen. Und schon schnarcht Greiner. Wirrwarr legt seine Brille aufs Armaturenbrett. Ohne Brille sieht er nicht viel weiter als bis zum Ende der Motorhaube. Ist sowieso dunkel, begründet er sich das und macht die Augen zu. Der Tag war anstrengend, und dann dieser zusätzliche Dienst. Und wer wird bei diesem Wetter im Tertiär rumstiefeln!

So entgeht ihm die Gestalt, die am Rande der Tagebauausfahrt läuft und die aufgestellten Lampen meidet und deshalb vom befestigten Weg abkommt. Es ist ein mühsames Laufen. Der Modder saugt die Stiefel fest, und bei jedem Schritt quatscht es laut. Aber niemand hört das. Der Wind drückt die Regenjacke an den Körper, das Viereck, das sich unter der Jacke abzeichnet, ist der Laptop, der vormals dem Schweden gehörte.

Wassinke spürt, wie der Regen durch die rissige Gummijacke dringt. Egal. Wie soll es weitergehen? Er läuft zurück zur Teichwirtschaft. Halt, war da was? Der Wind treibt Nebelfetzen über dem Teich. Aber hier ist kein Teich mehr, hier ist alles trocken! Zum ersten Mal in seinem Leben ist ihm die Natur nicht geheuer.

Plötzlich sind da die aufgerissenen Augen des toten Noack. Als würde der Bürgermeister, so wie er bei den Protestversammlungen gegen den Tagebau immer mit Blicken Regie geführt hatte, Wassinke zum Sprechen auffordern: »Waldemar, jetzt du! Sprich! Waldemar, sprich! Sprich! Sprich!«

Mit wem soll er denn sprechen. Dieses »Sprich!« droht Wassinke um den Verstand zu bringen. Die Hüftschmerzen sind bald nicht mehr zum Aushalten. Wieder etwas zu Atem gekommen, schleicht er sich an das eigene Haus heran. Unsinn! Halt! Das Fenster! Ist zu. Die Tür! Auch nichts. Er beruhigt sich. Angelt in der Jackentasche nach dem Schlüssel. Der ist durch das Loch ins Futter gerutscht. Er hat ihn. Das Schloß schnappt. Wassinke stößt die Tür auf und geht hinein. Plötzlich stolpert er. Der Stuhl. Was macht der vor der Tür? Wassinke tastet nach dem Lichtschalter. Schweiß tropft von der Nasenspitze auf die Lippen. Das Licht funktioniert. »Oh Gott«, flüstert Wassinke, als er die Verwüstung sieht. Er geht zum umgerissenen Küchenbüfett. Die Scherben knirschen unter seinen Gummistiefeln und zerschneiden die Sohlen. Waldemar Wassinke sucht nach der Schnapsflasche. Von der findet er nur den abgeschlagenen Hals. »Jetzt«, sagt er, »hat die Jagd angefangen.«

Bruno Bollhagen braucht einen Spaziergang. Für heute hatte der Mann vom ZDF-Wetterbericht eigentlich Regen verkündet. Statt dessen scheint aber die Sonne und macht den November beinahe vergessen.

Bollhagen muß ordnen: Gestern nacht, gerade war er eingeschlafen, kam Mona und tischte ihm diese Räuberpistole auf. Von wegen die dreckige Jacke als Beweis. Der Schwede hat sie gleich draußen flachgelegt. Freilich hätte ers auch im Auto machen können. Aber wer weiß, worauf so ein Naturbursche steht.

Den Schweden wird es schon geben. Den erfindet sie nicht einfach, weil ohne den Schweden die Sache mit dem Akkordeonspieler unverfänglicher wäre. Schmeißt so einem Dudeltypen fünfzig Euro in den Hut! Aber zu Hause immer maulen, wenn er auf seinem Keyboard spielt.

Er kann ja mal dem Wassinke auf den schwedischen Zahn fühlen. Aber zuerst nimmt er sich den Grossling vor. Ist schon ein Ding, was ihm die Leichenausbuddler erzählt haben. Erst recht, da er von Grossling weiß, mit welchem Brimborium der sich auf seine Auftritte vorbereitet. Das muß ihm der Grossling erklären: Einfach so die Eiche vergessen und kurz vor der Vorstellung ein bißchen Herumfahren in einer Gegend, in der einer erschossen wird. Und das Motiv? Der Wahn von der ganz großen Kunst-Action?

Bollhagen sieht auf die Uhr: um zehn. Da kann auch der große Künstler seinen Arsch aus dem Bett heben.

Der Wahlkampf für die bevorstehende Bundestagswahl hat die Stadt erreicht. Die beiden dort werden doch nicht schon einen Lupsch-Kopf hissen. Gerade erklettern zwei getreue Wahlkämpfer den Pfahl einer Straßenlampe. Sie strippen aber nicht Lupsch auf, sondern einen jungen Mann von der Partei des Demokratischen Sozialismus.

Der Plakatmann dreht sein Gesicht zum Volk und verspricht: *Frische Politik.*

Die Leute, die ihn aufhängen, sind nicht mehr ganz so frisch: zitternde, rot gefrorene Hände, Funktionärsschiebermütze, Tropfen an der Nase und mindestens siebzig Jahre auf dem Buckel, dazu Präsent-20-Hose und Anorak wie zum Jugendfestival der Freien Deutschen Jugend. Ganz in der Tradition der greisen Funktionäre der Sozialistischen Einheitspartei Deutschlands, die aus EsVauKa bebißtem Mund sangen: »Wir sind die junge Garde«.

Ist das nicht der ehemalige Chef vom *Sternchen*? Der in Bollhagens Jugend mit Entenarschfrisur und in Präsent-20-Hosen am Tresen stand und pappige Waffeln in die Eisbecher steckte?

Präsent 20 war ein Geschenk des Textilkombinats der Stadt an die Republik zum 20. Jahrestag der DDR im Feldzug gegen die Jeans aus dem Westen. Die Tausend-Tele-Tips-Werbung im Republikfernsehen pries den Stoff als pflegeleicht und knitterfrei und vor allem als unverwüstlich.

Bollhagen stößt die Glastür zu einer Einkaufspassage auf. Hinter den Glasfronten, da wo Geschäfte hingehören, sind solche Sachen wie Hundesalon und Fitneßstudio. Als Lauf-Hindernis baut sich in der Mitte des Durchgangs ein Grossling-Kunstwerk auf. Das erinnert Bollhagen an eine überdimensionierte Urinflasche. Drinnen, in dem Glasbehälter, steht brackiges Wasser, der Grund ist mit Münzen bedeckt. Zum Einwerfen der Münzen ist in Mannshöhe ein Schlitz.

Wasser für die Lausitz steht neben dem Schlitz geschrieben. Grossling erklärt sich sogar: *Je mehr Geld, um so mehr Wasser. Ihre Spende ist für die Opfer rechter Gewalt.*

Die Wasserstandsanzeige wird mit einem Projektor an die Wand geworfen. »So ein Blödmann«, sagt Bollhagen. Das hört niemand, weil hier keiner weiter ist. Physik sechste Klasse: Wo ein Körper ist, kann kein zweiter sein. Also steigt zwar der Wasserspiegel, aber kein Tropfen Wasser kommt hinzu.

»Mit freundlicher Unterstützung von *Fjellfall*. Mit Energie gegen Rechts!« verweist ein Plakat auf dem Sockel.

Aha, daher weht der Wind. Jeder stellt zur Zeit sein Gegen-Rechts aus. Die neueste Mode nach den letzten Gewalt-Krawallen glatzköpfiger Jugendlicher in der Stadt. Wer, fragt sich Bollhagen, ist eigentlich dafür? Zum Marsch anläßlich der Erinnerung an die Wolkenberger Kesselschlacht haben die Jungs die gesamte Logistik der Polizei außer Kraft gesetzt. Das schaffen dumme, mittellose Jugendliche? Na ja.

Vielleicht ist der Grossling gar nicht so blöd, und seine physikalische Fehlleistung ist bei dreizehn Milliarden Kubikmetern Wasserdefizit durch die Tagebaue eine verpackte Kritik an der Kohlepolitik. Bezahlt von *Fjellfall*?

Das traut er dem Grossling dann doch nicht zu.

An der Fassade von Grosslings Jugendstilvilla steht: *Kunstschuppen*. So etwas findet Grossling lustig. Damit will er auch demonstrieren, daß die Villa ihm gehört und er ganz anders ist als andere Immobilienbesitzer. Immerhin, Bollhagen wohnt noch immer in der Platte, wenn auch de luxe sozusagen.

Bollhagen tastet nach dem Lichtschalter. Das Licht knallt an und die Zeitschaltuhr rattert ab. Bollhagen entdeckt an der Wand ägyptische Motive, durchschnitten von Gipsadern; Modernisierung made in GDR. Das wird Grossling schon wieder hinkriegen. Wenn der mal nicht den Noack umgenietet hat.

Die Tür zu Grosslings Wohnung steht offen: Langer Flur mit Krempel. Am Ende an der Wand zwei gespreizte Frauenschenkel, im Allerheiligsten die Tür, hinter der Bollhagen den Maestro vermutet. Der liegt noch im Bett und säuft Rotwein. Fehlt bloß noch eine Tussi. Grossling weiß, wie er Bollhagen ärgern kann: »Bin einfach kaputt vom Vögeln. Du mußt auch mal Chinesinnen probieren. Beweglich und zupackend. Da biste mit der Hand noch nicht dran, da zittern die schon wie Espenlaub.« Bollhagen manövriert gegen: »Wie zittert Espenlaub?«

»Ich kann dir ja auch mal ne Chinesin überlassen.« Das ist nun eine Anspielung auf Mona. »Schade, die von erst ist gerade weg. Aber du bist ja im Dienst, alte Schnüffelnase.« Grossling schnappt ein Wäschestück vom Sessel und wirft es aufs Bett. Ein breit grinsender Grossling: »Na so was, hat ihr Höschen vergessen.«

»Das sind doch deine!«

»Willste nachgucken?«

»Lieber nicht.«

Bollhagen sieht sich um. An den Wänden läßt Grossling die Drachen seiner Verflossenen steigen. »Alle gevögelt«, sagt Grossling und nimmt einen Schluck und gibt noch eins drauf: »Findste Mona raus?« Bollhagen wendet jäh: »Alibi!«

»Wie??«

»Für die Mordzeit von Noack.« Grossling versinkt entspannt in den Kissen: »Mich haben alle gesehen!«

»Noack ist vorher gestorben. Du warst an der Tagebaukante, vor deiner Kunstnummer.«

»Quatsch, Mensch.«

»Es gibt Zeugen!«

»Quatsch, Mensch, daß ich den umgenietet habe. Klar war ich oben. Der Feinniger kam nicht dazu. Ich hatte die Eiche vom Friedhof bestellt, zusammen mit Feinniger wollten wir das Ding holen. Aber der Feinniger war nirgends zu finden. Mir war so, als hätte ich ihn an der Kirche gesehen. Da habe ich nachgesehen. Irrtum, da war keiner. Ich mußte auf die Eiche verzichten. Aber bis zu der Stelle, wo der Auftritt der Eiche geplant war, ist die Vorführung nicht gekommen, der Noack war schneller da.«

Das könnte stimmen. Bollhagen war die Verspätung von Feinniger auch aufgefallen. Aber hat Grossling den Feinniger wirklich gesehen? Feinniger hat behauptet, es hätte Probleme an einem Bagger gegeben. Wird ja Zeugen haben, der Feinniger. Noch eine Revanche für Mona und dann weg. »In der Galerie haben sie dich abgehängt«, sagt Bollhagen.

»Ich wußte gar nicht, daß du auch den Kunstmarkt beschnüffelst.«

»Ach, ich lauf da jeden Früh vorbei.«

»Zeitig, was?«

»Geht so. Jedenfalls abgehängt, dich.« Bollhagen will einen Sieg feiern.

»Gut so«, sagt Grossling, »ich bin nichts für die Provinz. Hier verkauft sich nur Drittklassigkeit!«

»Aus dem Westen?«

»Die Ossis haben kein Geld, und nur die Wessis denken, Kunst gehört dazu. Da sie hierher nur die Drittklassigen geschickt haben, kaufen die auch nur drittklassig, höchstens mal Zweite Klasse. Aber dann ist Pumpe, und dann komme erst ich. Also müssen die mich abhängen.«

»Ist der Feinniger also auch Dritte Klasse.«

»Ja freilich, aber erstklassige Firma, vom Geld her, und da kauft dann auch so einer erste Wahl. Warum übrigens sollte ich einen umbringen, der mir die Auftrittsmöglichkeit verschafft hat. Ohne Noack kein Widerstand, ohne Widerstand kein Wassinke, und ohne Wassinke kein Baggerstop, und ohne Baggerstop keine Kunstaktionen gegen den Baggerstop. Heutzutage läßt sich alles ausrechnen, Bruno, auch deine Fälle, alles unterliegt der wirtschaftlichen Mathematik. Aber so was willst oder kannst du nicht begreifen.«

»Hoffentlich«, sagt Bollhagen, »bist du in Mathe besser als in Physik.« Und er erklärt den physikalischen Vorgang der Wasserverdrängung mit Hilfe des halbvollen Rotweinglases, in das er ein angebissenes Brötchen taucht. »Es wird kein Fatz mehr an Wein.« Grossling ist einen Moment verblüfft, fängt sich aber wieder: »Da, Bruno, setzt die Höherrangigkeit der wirtschaftlichen Mathematik ein: Wenn es sich verkaufen läßt, ist alles Oke.« Grossling sagt Oke statt okay.

Das Brötchen löst sich langsam im Wein auf.

»Bruno, du bist kein Sinnesmensch! Einen so guten Tropfen zu versauen, wegen dem bißchen Wahrheit! Außerdem hattest du nur Glück: Das war eine Semmel nach altem Ostrezept. So eine Westschrippe hättest du nicht untergetaucht gekriegt. Auch Physik, Bruno!«

Plötzlich stöckelt eine Chinesin ins Zimmer. »Die von vorhin«, sagt Grossling. Die Chinesin lächelt ein asiatisches Bilderbuchlächeln und greift hinter Grossling nach dem Wäschestück. »Habe vergessen«, sagt sie und verweht wieder in den Tag mit einem Kondensstreifen aus süßem Parfüm. Grossling reibt sich vor Vergnügen seine Glatze, als handle es sich um einen schlecht zündenden Streichholzkopf. »Sag ich doch«, sagt er. »Sag ich doch, die hatte ihr Höschen vergessen!«

Bollhagen verabschiedet sich: »Paß schön auf, daß du nicht einer von deren Tonkriegern wirst. Fett genug bist du! Ich werde das mit dem Feinniger überprüfen. Dann sehen wir weiter.« Aber auch Grossling läßt eine Mord-Beschuldigung nicht kalt; er versucht, Bollhagens Interesse umzulenken: »Ist noch einer rumgekurvt vorm Tagebau. Wie ausm Stalingrad-Film, muß so ein Wehrmachts Vau-We-Kübel gewesen sein. Richtig mit Tarnfarbe, wie von unseren heldenhaften Vorfahren.«

»Wer saß drin?«

»Zu weit weg.«

Nun ist Bollhagen dem Grossling sogar dankbar. Bisher ließ sich die Wehrmachtspistole nicht in das Fallpuzzle einfügen. Wehrmachtskübel und Wehrmachtspistole passen zueinander. Nur die Tatzeit und die Wehrmachtszeit nicht. Ins Klackern des Flurrelais klingelt sein Handy: Babke.

»Halten Sie sich fest, Chef!« Das Gemache von dem Babke immer. Jede Drehung seines Arsches wichtet der zu einer Weltbewegung hoch. Der wird im Büro sitzen und in Schlips und Kragen Zeitung lesen und Kaffee trinken. Der sagt noch immer nicht, was er will, also verkürzt Bollhagen: »Passen Sie auf, daß Ihr Schlips nicht in die Kaffeetasse tunkt.«

»Ich bin in der Ballistik und weit entfernt von einer Tasse Kaffee!«

»Und??«

»Das Geschoß aus der Kirche und das in unserem Bürgermeister stammen aus der gleichen Waffe!«

»Das ist ein Ding«, sagt Bollhagen, und Bollhagen sagt ›das ist ein Ding‹ zwar gern, aber auch nur, wenn es sich wirklich um ein überraschendes Ding handelt.

Nun ist die Pistole der Schlüssel zum Fall, ein Schlüssel zu einer Tür in die Vergangenheit. Hinter Bollhagen fällt die Eingangstür der Villa krachend ins Schloß. Ein Kameramann schwenkt die Straße ab. Aus dem Pulk des Drehteams rennt der Redakteur auf Bollhagen zu: »Moment bitte! ZetDeeF. Sensationell der Jugendstil. Hält beinahe mit Wien mit. Können Sie uns mal in Ihr Haus lassen?« Da ist Bollhagen großzügig, vielleicht rennen die bis zu Grosslings Pflaumengalerie durch. Fernsehen in der Stadt, und mal nicht Rechte oder Korruption im Visier. Statt dessen Jugendstil und sensationell.

Bollhagen sieht die Häuserfront entlang. Bisher hat er die Häuser nur als Schandflecken wahrgenommen, aber wenn er sich das rekonstruierte Eckhaus ansieht …

Plötzlich ist er stolz auf seine Stadt. Beinahe wie Wien und sensationell, und das vom Zweiten Deutschen Fernsehen aus Mainz! Und erst das Theater! Wie ein Schlachtschiff steht es auf dem Platz und furcht mit Kunst durch alle deutschen Zeiten. Leider sind die Springbrunnen ganzjährig abgelassen. Die Stadt ist pleite. Modriges Laub überdeckt die Mosaikböden. Oder ist darunter nur grauer Beton?

Alte Bäume umstellen den Platz. Jetzt im laublosen Winter erkennt Bollhagen viele abgestorbene Äste. Es sind schon Sperrgitter aufgestellt; das bißchen Grün in dieser Stadt ist stark gefährdet. Wie wenig man sonst wahrnimmt, denkt Bollhagen und lehnt den Kopf zurück. Auf der Balustrade steht die Thalia. Der Kopfansatz hat sich durch die revolutionäre Enthauptung etwas verändert, und die Thalia bemüht sich steifhalsig, über den Horizont der Stadt zu blicken. In der Hand hält sie eine Theatermaske am Schopf. Von unten deuten das viele als abgeschlagenen Kopf. Aber so blutrünstig ist die Kunst in der Stadt denn doch nicht.

Vor dem Haupteingang steht ein Grenzübergangshäuschen mit Schlagbaum, dahinter eine Stele mit Hammer-und-Sichel-Emblem: *Willkommen in der Deutschen Demokratischen Republik.* Abends, zur Vorstellung, ist hier Paßkontrolle und Zwangsumtausch. Das alles gehört zu einer Inszenierung. Und wenigstens im nachhinein und eine Vorstellung lang kann sich der DDR-Bürger nun als Bundesbürger in der DDR fühlen und muß nicht mehr DDR-Bürger als Bundesbürger sein. Erstmals werden dafür Theaterkarten wieder schwarz gehandelt. Über Heute bei uns: *Reise in die DDR* klebt: *ausverkauft.*

Mona hat für nächsten Sonnabend Karten organisiert. »Diesmal findest du keine Ausrede!« hat sie gedroht. Wenigstens ist es nicht »Macbeth« oder »Faust« oder so. Die Kartenbesorgung wird doch nicht über den Intendanten gelaufen sein, womöglich mit einem Kerzenschein- und Weinabend verbunden?

Und schon ist Mona wieder in seinem Kopf. Er wird mal schnell nach ihr gucken. Unter Umständen stimmt ja ihre Story, mit der sie ihr Verschwinden von gestern abend erklärt hat. Im Prinzip wenigstens. Vielleicht hat er überreagiert, aber er war einfach aufgebracht. Den ganzen Abend hält er sich wach, dann kommt sie, erzählt ihm diese seltsame Geschichte und geht am Ende seelenruhig in die Badewanne. Er dagegen – tigert durch die Wohnung und zerbricht sich den Kopf. Da bleibt sie stundenlang weg, um sich – wie sie immerhin zugibt – mit einem ihrer verflossenen Liebhaber zu treffen, schaltet sogar das Handy aus und hält es noch nicht einmal für nötig, sich zu entschuldigen!

Mit seinem Schlaf war es vorbei. Und diese Couch ihrer Wohnlandschaft hat aller fünfundsiebzig Zentimeter eine Naht mit Nuppeln, da war jede DDR-Besuchs-Luftmatratze eine Sechs-Sterne-Penne. Dazu der Kater, der immerzu auf die Bettdecke sprang. Und das alles in seiner Wohnung.

Am Morgen machte Mona dann auf Versöhnung: buk Brötchen auf, kochte Kaffee und behielt ihr durchscheinendes Baby-Doll-Nachtzeug an, das er ihr zum Geburtstag geschenkt hatte. Er blieb standhaft, rädelte eine Scheibe Brot ab, schmierte Butter und Camembert drauf und kaute beim Hin- und Herlaufen.

Das Finale bestritt er mit Türenschmeißen. Und nun tut es ihm leid.

In der Bäckerei an der Ecke liegt schon Stollen im Schaufenster, dabei ist der Advent noch eine Weile hin.

»Mit Stollen esse ich mich in die Kindheit«, verriet Mona im vorigen Jahr. Also wird Bollhagen ihr zur Versöhnung Kindheitsglück anbieten und einen halben Stollen kaufen.

Den Laden haben die Bäckersleute vor kurzem renoviert. Der Eingang, früher niedrig und mit klemmender Holztür, ist nun groß und breit. Wie ein gläserner Schiffsbug ragt der Verkaufstresen in den Laden, und anstelle der Holzregale stehen Glasvitrinen mit Drehtellern an der Wand.

Der Türgong ist auch nicht mehr. Statt dessen schnarrt eine Stimme: »Vielen Dank für Ihren Einkauf.« Nur die Bäckersfrau sieht nicht mitrenoviert aus. Sie trägt noch ihren blumigen Kittel und eine DDR-Kassengestell-Brille.

»Wird immer eher Weihnachten«, sagt Bollhagen und zeigt auf den Stollen.

»Das Geschäft«, sagt sie. »Wer nicht mithält, geht unter.«

»Einen halben Stollen«, verlangt Bollhagen.

»Rosine oder Mandel?«

»Welcher ist besser?«

»Unser schmeckt aller! Ist echt Dresdner Rezept. Von meinem Großvater. Seit Generationen die gleichen Zutaten!«

Bollhagen entscheidet sich für Rosine, denn Mona hatte immer von den Rosinen aus dem Westpaket ihrer Großmutter geschwärmt.

Die Frau holt ein großes Messer aus einem Schub, legt einen Stollen quer vor sich auf den Ladentisch und peilt mit dem Messer Richtung Stollenmitte. Zur Feintarierung kneift sie das rechte Auge zu. Dann leckt die Frau die Kuppen von rechtem Daumen und Zeigefinger an, spellt einen Bogen Einwickelpapier vom Stapel und packt eine Stollenhälfte ein. Zur Übergabe an Bollhagen ist eine Dehnübung bis zur Bugspitze des Verkaufstresens notwendig. Bollhagen bangt mit, ob sie es schafft.

»Nischt für kleene Leute«, sagt sie. Wieder mit beiden Beinen fest auf dem Boden, schnauft sie einmal kurz und beginnt ein Werbegespräch: »Wir backen aber auch mit der Zeit!« Sie nickt lockenwippig und tritt mit einem Walzerschritt zur Seite. Das eröffnet Bollhagen den Blick auf eine Vitrine, in der sich eine Sahnetorte dreht. *100 Jahre Schützenverein* steht in Schokoladenkringelschrift auf der Sahne. In der Tortenmitte befindet sich eine Pistole aus Marzipan. Und die sieht verdammt nach einer Walther P 38 aus.

Rauszu schnarrt der Türgongersatz: »Willkommen!«

Die werden das verkehrt herum angeklemmt haben, vermutet Bollhagen.

Schon im Treppenflur hört Bollhagen das Maunzen des Katers Hugo, und das läßt ihn nichts Gutes ahnen. In der Wohnung wird es Gewißheit: Mona ist wieder ausgeflogen und auch per Handy nicht zu erreichen. Seltsamerweise ist Bollhagen aber eher besorgt als wütend. Wenn die Geschichte mit dem ominösen Schweden stimmt, ist Mona vielleicht in Lebensgefahr. Aber wo soll er suchen? Er schneidet ein Stück Stollen ab, setzt sich damit an sein Keyboard und klimpert mit links. Mit der anderen Hand hält er den Kuchen, hin und wieder fällt ein Krümel auf den tiefblauen Teppichboden. Der Kater ist über die heruntergefallenen Rosinen enttäuscht.

Bollhagen schiebt den Kuchenrest in den Mund und spielt zweihändig »Wenn ein Mensch kurze Zeit lebt« von den Puhdys.

Also angenommen, den Schweden gibt es und der Noack hat etwas entdeckt, das der Schwede nach dem Mord weiter verfolgt. Dann muß es zwischen dem Schweden und dem Nock ja einen Informationsaustausch gegeben haben. Vor dem Mord? Oder danach; aber wie, wenn danach?

Er wird das bei Noacks Mutter in Wolkenberg überprüfen. Und außerdem wird er den Schweden suchen, denn auch ein Schwede löst sich nicht in Luft auf. Wie passen nun aber Schwede, Walther P 38 und Wehrmachtskübel zusammen?

Und welche Rolle spielt Mona?

Den Feinniger schätzt Bollhagen zwar als Über-Leichen-geh-Manager ein, aber einen richtigen Mord ...? Und dann mit einer Wehrmachtspistole?! In seine Überlegungen hinein klingelt es. An der Wohnungstür steht Bollhagens Übermieter. Ach ja, vormittags nie Keyboard, das hatten sie wohl so vereinbart. Der Mann sieht aus wie ein amerikanischer Sheriff. Schwarze Uniform mit aufgewandeter Mütze, die von einem Metallemblem mit der Aufschrift »Security« geschmückt wird. Früher, als Oberst der Nationalen Volksarmee, mußte der Mann mit bescheideneren Uniformen auskommen. Er war Elektronikspezialist einer Fliegerstaffel. Uniformen und Mathematik bildeten sein Lebensrückgrat. Die Höhere Mathematik kann er jetzt, beim nächtlichen Bewachen eines Kraftwerks, gründlich vergessen.

»Abgeschmiert«, hatte der Mann beim Einzug zu Bollhagen gesagt, »mein Leben ist abgeschmiert. Und die Puhdys ertrage ich nicht beim Schlafen, die kannst du abends durch deine Bude jagen, wenn ich um das Kraftwerk renne!«

Bollhagen überlegt: Schläft der auch in Uniform, oder hat er die extra für die Beschwerdeführung angezogen?

»Komme gerade vom Sondereinsatz. Maßnahme Ministerbesuch. Du verstehst, hohe Sicherheitsstufe. Alle Mann an der Front. Große Rede von Feinniger. Ich hab da allerdings meine eigene Rechnung.

Im vergangenen Jahr haben die Kraftwerke in Deutschland einhundertneunundsechzig Millionen Tonnen Kohle durch den Schornstein gejagt. Die Stromerzeugung aus Braunkohle ist auf siebenundzwanzig Prozent der Gesamterzeugung gestiegen. Und Feinniger sieht die Braunkohlenindustrie auf der Gewinnerseite und uns als Helden beim Kampf gegen die Kohlendioxidemission. Das ist mir ein Rätsel: Je mehr die Kohle in die Luft pusten, um so mehr Kohlendioxid. Je mehr Kohlendioxid, desto mehr Treibhaus. Das kann ich seit der dritten Klasse nachrechnen. Aber wie die mit je mehr Kohle auf um so weniger Kohlendioxidemission kommen, ist mir auch nach Mathestudium schleierhaft.

Niemand wird für die Zukunft verantwortlich gemacht. Und daran rechne ich eben jetzt rum, weil ich Zeit dazu habe.

Und ich bewache diese Dreckschleuder, statt sie in die Luft zu jagen, weil auch ich jetzt lebe. Früher haben sie gesagt, ist alles für den Frieden. Und jetzt, wo der auch in Arsch ist?«

Soviel hat Bollhagen den Mann noch nie reden gehört. Und das ist auch gut so. Schließlich hat er andere, ziemlich mörderische Sorgen. Aber der Oberst a. D. läßt nicht locker: »Deine Freundin hatte gestern Herrenbesuch. War am Fenster eine rauchen. Roter Golf. Rostocker Nummer.«

Er gibt ihm eine leere Zigarettenschachtel, auf die er die Autonummer geschrieben hat. »Falls es dich interessiert.«

Er macht, beidhändig, die Klavierspielbewegung: »Wir sind uns doch einig?«

»Zu Befehl«, sagt Bollhagen. Der Oberst lacht und grüßt mit der Hand am US-Mützenschirm.

Warum hat ihn die Bundeswehr nicht übernommen? Vielleicht hatte er bei der Stasi mitgemacht; vielleicht auch nicht. Bollhagen hält sich aus solchen Stasispekulationen raus. Er ist froh, daß er von der Volkspolizei überwechseln durfte. Er war nicht Stasi. Er weiß das, aber die Leute sagen bestimmt: »Kann mans wissen?!«

Die Stasi als Hamsterrad, wodurch man nicht von der DDR loskommt.

Bollhagens Handy klingelt. Er erkennt auf dem Display: Babke. Da nimmt er das Gespräch schnell an, sonst erzählt der Babke wieder überall, daß man ihn, Bollhagen, nie erreiche.

»Babke hier. Mensch Chef, Sie haben ja den Mund voll, ist es bei Ihnen schon Mittag!«

»Nur so ein Biß zwischendurch«, sagt Bollhagen und ist wieder in die Falle getappt und ärgert sich drüber.

»Hauptsache, Sie haben sich nicht vor Schreck bekleckert, Chef.« Das ist eine Anspielung auf seine nicht immer ganz fleckenfreien Hemden. Bollhagen holt zum Gegenschlag aus: »Meine Mutti wäscht und kocht eben nicht mehr für mich!«

»Da sind Sie zu zeitig von zu Hause weg, Chef!«

Der Babke hat immer das letzte Wort, furchtbar. Der weiß, daß ihm nichts passieren kann mit seiner Verbeamtung.

»Zur Sache, Babke!«

»In Rostock hat tatsächlich ein Schwede namens Valsbjerg einen roten Golf gemietet. Ist aber noch nicht überfällig, weder beim Vermieter noch bei seiner Frau. Der hat er gestern gesagt, er müsse für seinen Freund Peter Noack noch etwas in Deutschland erledigen!«

Waldemar Wassinke räumt auf. Die Scherben und den Schutt schippt er auf den Handwagen. Eine Fuhre hat er schon in ein Loch auf der anderen Teichseite gekippt. In der DDR hatte er allen Müll und alle Asche dorthin gefahren, weil das Müllauto nicht bis zur Teichwirtschaft kam. Ohne Tagebau wäre das dann eine Fundgrube für die Archäologen in ein paar hundert Jahren.

Immer wieder sieht Wassinke zum Hackklotz. Die Filme belasten ihn. Und der Schwede läßt sich nicht blicken. Sie müssen ihn gestern beschattet haben.

Wassinke kann die Filme nicht hier lassen, das ist zu unsicher. Wenn der Schwede nicht bald eintrifft, werden sie wieder suchen und irgendwann wohl auch finden. Die Filme müssen weg. Aber wohin? Man wird einsam im Alter, denkt Wassinke und will nicht wahrhaben, daß er Freundschaften auch früher nie gesucht hat. Noch vor ein paar Tagen wäre Peter Noack sein erster Gedanke gewesen, so bleibt nur Jan Koal.

Der Mangel und der Lebenshunger der Nachkriegszeit haben sie damals zusammengebracht.

Waldemar hatte sich um die Teichwirtschaft gekümmert. »Bis Vater von den Russen wiederkommt«, sagte die Mutter. Sie sagte es Jahr um Jahr und glaubte wohl selbst nicht mehr daran.

Zwischen Mensch und Fischreiher gab es ein ständiges Gerangel um die Beute. Waldemar lag mit Pfeil und Bogen am Teich in Verteidigungsstellung. Die Sommerhitze drückte wie Blei auf den Teich. Selbst der Fischreiher schien erstarrt. Waldemar Wassinke legte an und drückte ab. Der Pfeil prallte aufs Wasser, die Hitze verwandelte das Klatschen des Aufpralls in eine dumpfes Fluppen. Der Fischreiher sah sich genötigt, mit zwei trägen Flügelschlägen seinen Ansitz um ein paar Meter zu verlegen.

Plötzlich bemerkte Waldemar eine Bewegung auf dem Wasser: Der Schwimmer einer Angel eilte, vom Schuß aufgeschreckt, in den Schilfgürtel. Noch ein Fischanwärter also.

Waldemar schnitt dem Angler den Weg ab. Das übermannshohe Schilf teilte sich, und ein keuchender Jan Koal stand vor ihm, in der einen Hand die Angel, in der anderen einen Eimer. Die nackten Beine zwischen Gummistiefelschaft und Turnhose waren von Kaulen und Mückenstichen übersät. Im Eimer stupste ein Schlei gegen die weiße Emaille. Die beiden Jungs schätzten einander ab. Als die Sache auf der Kippe stand, sagte Jan: »Kriegst Kohlen von mir.« Waldemar ging auf Nummer Sicher: »Erst die Kohlen.«

»Da stinkt der Fisch, bei dem Wetter!«

»Wenn nicht, brenn ich dir ein Loch in den Hosenarsch.« Zu Hosenärschen hatte Waldemar eine besondere Beziehung, schließlich war seine Mutter eine dorfbekannte Näherin. Nach dem Krieg hatte sie das Programm zur Umwandlung von Militärgut in Friedensware eingeleitet. Sie schneiderte aus Uniformstoff Anzüge. Und vor jedem Dorftanz standen die tanzwilligen

Männer Schlange, um ihren, wie sie sagten, Kampfanzug bügeln zu lassen. Einige saßen oder standen in Turnhose in der Küche, die meisten aber schützten ihre Beine selbst bei größter Hitze mit langen Unterhosen gegen das Kratzen der Stoffe.

Waldemar schenkte wäßriges Bier und giftfarbene Limonade aus und hielt den Wechseleisenkern des Bügeleisens im Küchenofen heiß.

Jan Koal war wie Waldemar Wassinke dem Krieg gerade noch von der Schippe gesprungen. Er arbeitete in der »Brikett«, wie die Leute die Brikettfabrik nannten, die schwarzschlotig das Nachbardorf in die Kolonie und das Bauerndorf unterteilte.

Und Jan hielt Wort. Er zweigte die Kohlen von jenen Ladungen ab, die er im Auftrag der Russen fuhr. Den Deputatbelieferungsposten hatte ihm das Fuhrwerk seiner Eltern ermöglicht. Bei der ersten Tour empfing ihn der Kommandant mit angelegter Maschinenpistole.

»Du schwarzes Geschäft!« schrie der Russe.

Ein Verdacht, der nicht ganz unbegründet war: Jan hatte unter den Wagen ein Brett gebaut, eine Art Fach, das er nach dem Wiegen in der Fabrik mit Ziegelsteinen auffüllte, wodurch die fehlenden Kohlen ausgeglichen wurden.

Der Russe kannte das Leben mit seinen Tricks und traute der Waage nicht. Aber Not macht nicht nur erfinderisch, sondern auch mutig: Jan zeigte auf die schlaffe Kuh vor dem Gespann und erklärte auf sorbisch den Sachverhalt: Das Koalsche Pferd war während der Befreiung in einer russischen Gulaschkanone gelandet.

Die slawische Herkunft des Delinquenten stimmte

den Kommandant milde. Sie tranken einen Wodka und noch einen und noch einen. Jan fiel um.

Der Kommandant legte ihn in den Kohlengrus auf dem Fuhrwerksboden, gab der Kuh einen Klaps und überließ alles weitere dem Instinkt des Tieres. Das muhte und muhte, zupfte mal hier und mal da ein Hälmchen vom Wegesrand und zockelte den Wagen mit dem selig betrunkenen Jan zum Koalschen Hof. Als sich nichts tat hinter dem Tor, stieß die Kuh mit dem Kopf so lange gegen den Torbalken, bis Jans Mutter in die Latschen fuhr.

Sie klaubte Jan als Schornsteinfeger von den Wagenbrettern. Aber die Brikettfabrik und Jan hatten bei den Russen ab sofort freie Hand.

Nur Jans Frauengeschäfte liefen nicht so gut. Und das lag an der Geschwätzigkeit der Witwe Habersatz. Die war mit Waldemars Mutter eine Symbiose eingegangen: Die eine brachte die Hosen auf Vordermann, die andere die Köpfe. »Einen schönen Fasson bitte schön, damit die Damen beim Tanzen mit der Hand den Nacken streicheln können!« baten die unterbehosten Männer.

Frau Habersatz umhüllte den Kunden mit einem langen Umhang aus einem schon hier und da löchrigen Bettlaken. Manchem kleinen Löchlein verhalf sie mit ihrem spitzen Zeigefinger zu einem größeren Dasein. Schöne was sehen, kommentierte sie für sich diese Tätigkeit.

Beim Haarschneiden strich sie flugs selbst mal über diesen oder jenen braungebrannten und muskulösen Nacken. Sie war in einem chancenarmen Alter bei dem Überangebot an jungen Kriegerwitwen.

Beim Tanz im *Sansibar*, der Wolkenberger Dorfkneipe, verhökerte sie für Zigaretten ihre Informationen über das Darunter der Männer an die jeweiligen Tanzpartnerinnen.

Bei Jan lautete die Vorhersage: lang, grau, filzig. Jan bekam einen Korb nach dem anderen. Schließlich erfuhr er, daß es seine Unterhose sei, die jedes Wolkenberger Mädchen unweigerlich in die Flucht schlage.

»Den werd ichs zeigen!« sagte Jan.

An einem dämmrigen Maiabend voller Nachtigallengezwitscher stand er mit dem Fahrrad vor der Teichwirtschaft. Am Lenker schepperten zwei Eimer, und auf dem Gepäckträger klemmte etwas Weiches, in Zeitungspapier Gewickeltes. Waldemars Mutter sah ins dunkle Eimerwasser.

»Satzkarpen«, sagte Jan, »von de Russen.« Er griff nach hinten, raschelte mit dem Zeitungspapier und sagte: »Und das ist Stoff für Unterhosen.«

Waldemar schüttete die Eimer in den Teich. Jede Ankurbelung der natürlichen Fischvermehrung war in diesen Zeiten ein Segen.

Derweil packte Waldemars Mutter den Stoff aus. »Wo haste das her!« rief sie, und ihre Hände wühlten in goldbesetztem Brokat.

»Ausm Kirschbaum vom Gut.«

Jan war einer der Kirschendiebe, auf die der alte Mäckwitz mit dem Luftgewehr geschossen hatte. Der alte Mäckwitz hatte das Ballkleid nach dem Gramtod seiner Frau als Vogelscheuche in einen Kirschbaum gehängt. »Das war se ihr ganzes Leben, ne Vogelscheuche!« hatte der Alte beim Aufhängen des Kleids geblafft.

Den Kirschendieb Jan Koal konnte dieses Kleid jedoch nicht aufhalten. Gegen den half nur das Luftgewehr. Die Kugel pfiff an seinem Kopf vorbei und durchlöcherte das Kleid kurz unterm Dekolleté. Jan nahm es mit als Beweis, daß der Mäckwitz scharf schießt. Aber was zählte das in einer Zeit, da die ganze Welt scharf schoß. Also verschwand das Beweis-Kleid zunächst im Koalschen Schuppen und wurde bald schon zur Unterhose umgewandelt: »Das hat die Welt noch nicht gesehen«, raunten die Mädchen und wollten mitreden und drängelten sich also um Jan Koal.

An einem warmen Herbstabend saß Waldemars Mutter auf der Teichbank und sinnierte darüber, wie viele Herbste ihr noch bleiben würden und ob sie nicht auch ins *Sansibar* zum Kirmestanz gehen sollte, denn so ganz ohne Mann ist ein bißchen wie tot. Beim letzten Gedanken brodelte das Wasser, und das Abendrot zersplitterte im Teich.

Frau Wassinke sprang auf und rannte los, die Holzpantinen vergaß sie unter der Bank.

Die Witwe Habersatz fassonierte gerade Waldemar, als dessen Mutter schreiend auf den Hof kam.

»Als wär der Deibel hinter dir her«, sagte die Witwe Habersatz.

»Issa ooch! Halt mir fest!«

Die Witwe ließ die Schere fallen und stützte Mutter Wassinke. Waldemar fragte unwillig: »Was issen los?«

»Een Ungeheuer«, seufzte die Mutter. »Ich hab extra zweemal mit eegenen Ougen hingeguckt!«

Die Witwe Habersatz sorgte für die Verbreitung der Ungeheuer-Nachricht.

Die mutigsten Männer des Dorfes und Waldemar brachten das Ungeheuer schließlich zur Strecke: Es war ein riesiger Amurkarpfen aus Jans Unterhosenlohn-Besatz.

Die Briketts aus der Fabrik wärmten nicht nur die Leute, sondern verschafften ihnen auch eine Tauschgrundlage: Schwarz-Markt eben. Mitten in diese Geschäfte platzte die Meldung von der bevorstehenden Demontage der Brikettfabrik durch die Russen. Reparation. Waldemar lieferte die Gegen-Argumentation, und Jan brachte sie dem russischen Kommandanten bei: Wenn er die Demontage nicht verhindere, dann habe er hier einen kalten Arsch, und ob seine Genossen hinter dem Ural eingeheizt bekämen, wäre fraglich, denn, wer soll dort das Werk aufbauen, bedienen und Ersatzteile beschaffen? Besser wäre doch, man ließe das Werk hier. Der Kommandant hätte einen warmen Arsch, und man könnte ja darüber hinaus noch Briketts in die große Sowjetunion liefern. Da hätten die Leute hier Arbeit, Lohn und Brot und einen warmen Arsch dazu. Das leuchtete dem Kommandanten ein. Damit machten sie etwas, das man im Westen Marshall-Plan nannte.

Heute fühlt Wassinke sich schuldig, daß er damit die Grundlagen für das Abbagern seines Hofes gelegt hat.

Wassinke wirft den Hackklotz um, fummelt die Tüte hervor und packt die Filme in eine ALDI-Tüte, die schwedische ICA-Tüte läßt er neben dem umgelegten Hackklotz liegen. »Damit die sehen, daß die Filme weg sind«, triumphiert er vor sich hin.

Er bindet sich die Filmtüte um den Bauch, zieht noch einen Pullover an und die Gummijacke drüber, stülpt die Kaninchenfellmütze auf den Kopf und schiebt den SR 2 in Startposition.

Zu dieser Zeit ist Jan Koal auf dem Friedhof in der Stadt. Das weiß Wassinke, weil Jan dort jeden Tag hingeht. Wassinke schließt den SR 2 mit einer Kette am Fahrradständer vor dem Friedhof an. Die Straßenbahn quietscht um die Kurve am Friedhofseingang. Schwarzbemantelte Fahrgäste steigen aus und tragen Kränze, Blumengestecke und Trauer vor sich her. Sie sind zu zeitig und vereinen sich zu einer schwarzen Wolke zwischen Friedhofseingang und Trauerhalle. Die Hallentür flügelt breitarmig auf. Zwei Männer im Frack treten heraus. Ihnen hängen Schwaden von trauriger Geigenmusik an, die bis zu Wassinke herüberweht. Und bildet er sich den Geruch der Lilien nur ein? Dieser Totenblumengeruch, der ewig in der Nase hängt. Ruth und er hatten sich geschworen: Keine Blumen auf der Beerdigung des anderen und keine auf dem Grab. Niemals sollte Blumengeruch sich mit ihrem Tod verbünden. Bei Ruth hat er das durchgesetzt. Und für sich hat er es aufgeschrieben. Es ist die einzige Verfügung, und die hat er gleich doppelt deponiert: einmal liegt sie im Teichhaus auf dem Nachttisch, und einmal hat er sie in einem Briefumschlag Johanna mitgegeben. Aber es gibt keinen sicheren Grabplatz mehr in dieser Gegend. Und das beunruhigt ihn – wie soll er seine zweite Hälfte nach dem Tod bewältigen?

Die Flügeltüren der Trauerhalle klappen zu, drinnen beginnt die Totenfeier. Von den Frackmännern fällt die Feierlichkeit ab. Sie lehnen sich an einen schwarz bespannten Wagen. Die Männer, die andere zur letzten

Ruhestätte fahren werden, rauchen. Aus den Taschen ihrer schwarzen Jacken hängen weiße Handschuhe.

Die Wege auf dem Friedhof sind weit. Ein Labyrinth des Todes. Ruth soll auch hierher umgebettet werden. Fünfhundert Euro Liegegeld pro Jahr. Wer wird sich ein Grab über die gekaufte Liegezeit von zwanzig Jahren hinaus leisten können? Friedhöfe werden keine Lebensgeschichten mehr bewahren.

Die Rechnung für Ruths Grabstelle hat er gleich in den Küchenofen gesteckt. Wassinke rechnet anders ab. Sogar Gräber werden unsicher. Das hätten sie damals, an einem grillenzirpigen Sommerabend, nicht gedacht.

Es war der erste Spaziergang nach Ruths Operation. Das Gras hing schwer über den Weg. Blütenstaub und Grassamen klammerten sich an Waldemars dunkle Hose, in der er unsäglich schwitzte. Ruth faßte nach seiner Hand und sagte: »Nach dem Leben haben wir viel Zeit. Wir brauchen nur ein sicheres Grab. Am besten hier in unserem Wald.« Sie lehnte sich an einen bemoosten Findling, der unter einer knorrigen Kiefer lag. »Er kommt von so weit her, und trotzdem ist seine Reise noch nicht zu Ende. Diesen Findling will ich als Grabstein, ohne Firlefanz und ohne Namen. Und jedes Jahr im Sommer höre ich dieses Blätterrauschen. Wie heute!«

Aus der Eiche seilte sich eine Raupe zu Ruth ab. Langsam kroch sie über die weiße Bluse, bis zum Ausschnitt. Er pustete die Raupe weg und fuhr mit den Fingern zwischen die Knöpfe.

Es war das letzte Mal, daß sie miteinander schliefen.

In ihrem Wald durfte er Ruth nicht beerdigen. Der

Pfarrer wies eine Grabstelle auf dem Wolkenberger Friedhof unter einer Eiche zu. Wassinke bugsierte wenigstens den Findling dorthin.

Ausgerechnet an diese Eiche nagelte der Pfarrer Kroger im vorigen Jahr einen Zettel mit folgender Mitteilung:

Bezüglich der Umlagerung des Friedhofes im Zuge der Umsiedlung des Dorfes schlage ich ein Gespräch mit den Bewohnern, der Tagebauleitung, dem Umbetter und der städtischen Friedhofsverwaltung in der Kirche vor.

Wir hoffen, auf diesem Weg eine für möglichst alle Bürger gute Lösung finden zu können.

Mit freundlichem Gruß für den Gemeindekirchenrat

Kroger, Pfarrer

Seitdem hat Wassinke kein Wort mehr mit dem Pfarrer gesprochen. Die beiden Frackmänner stülpen ihre weißen Handschuhe über und drücken das Kreuz durch. Einer holt die Urne aus der Halle. Wie einen Staffelstab gibt er die Urne weiter an seinen Kollegen, der sie auf den Wagen stellt. Gemessenen Schrittes ziehen sie das quietschende Gefährt über die aufgeweichten Wege. Das Schrittempo haben sie von den Paraden während ihrer Offiziersdienstzeit in der Nationalen Volkarmee übernommen. Urnenbestattungen sind ihnen natürlich lieber als Särge; erstens mal ist eine Urne viel leichter als ein Sarg, zum zweiten müssen sie als Pauschalkräfte bei Sargbegräbnissen durch vier statt durch zwei teilen.

Waldemar Wassinke macht sich auf den weiten Weg zu Jan Koal ans andere Ende des Friedhofs. Viele Gräber sind schon mit Tannengrün abgedeckt.

Jan Koal sitzt allein auf einer Bank. Über ihm, in den kahlen Pappeln, toben Krähen. Ihr »Krah, krah« übertönt sogar das Bimmeln der Totenglocke, das jeden letzten Gang der Frackmänner von der Halle aus begleitet. Die Krähen haben die Bank vollgekleckst. Koal hat mit zwei Papiertaschentüchern ein Stückchen sauber gewischt. Die weißen Taschentücher flattern im Wind wie Engelsflügel. Zwischen den Knien hält Jan eine kurzstielige Harke. Jeden Tag ist er am Grab seiner Frau, und jeden Tag harkt er es nach einem immergleichen Ritual. Die Zinken der Harke mustern die Erde mit Jan Koals Trauer. Oder ist es ein Muster gegen das Alleinsein?

Jan Koal faßt hektisch in die Hosentasche. Er hat wieder den Schlüssel vergessen. Seit dem Umzug flieht manch Gegenwärtiges aus seinem Gedächtnis. Als würde sich sein Kopf gegen Neu-Straußenhain wehren.

Er sieht durch Wassinke hindurch. Hier erwartet Jan Koal nur Begegnungen mit anonymen Toden. Früher auf dem Dorffriedhof in Straußenhain war das anders. Da traf man sich und redete auch über das Leben.

Wassinkes Mutter hat ihrem Waldemar einmal empfohlen: »Wenn du auf dem Friedhof viele Gleichaltrige triffst, solltest du dir eine Grabstelle aussuchen.« Ab einem bestimmten Alter trifft man sich mit Gleichaltrigen aus dem Dorf auf dem Friedhof. Eine Versammlung der noch Lebenden. Sie machen sich mit dem Tod bekannt.

Koal rührt sich nicht. Ist er eingeschlafen? Auf seinem Kopf schiebert noch immer die Thälmannmütze, die im Westen Schmidtmütze heißt. Seine dicke Jacke ist weniger nostalgisch: Die ist von Helli Hansen und schön warm und regensicher, und wenn es schlimm kommt, zieht Jan Koal noch die Kapuze über die Mütze.

Jan Koal ist ein alter Mann geworden seit dem Umzug nach Neu-Straußenhain, denkt Wassinke.

Das alte Dorf hatte ungefähr dort gestanden, wo sie den Peter Noack vom Förderband holten. Und seit dem Umzug vom alten Haus in das neue am anderen Ort erfährt Wassinke an Jan Koal, wie ein Leben nach der Umsiedlung zerbrechen kann. »Bei Rehkitzen nimmt die Ricke das Junge nach der Berührung durch einen Menschen nicht mehr an. So verstößt uns das Leben nach dem Bagger«, hat Jan Koal mal gesagt.

Noch könnte Wassinke wieder gehen und dem Jan seinen Frieden lassen. Aber hat einer Frieden, der jeden Tag vorausstirbt? Und der wieder und wieder sagt: »Die Friedel hat es geschafft, mit dem Sterben, vor dem Umzug, ich eben nicht.« Waldemar bleibt bei seinem Entschluß: »Tach Jan!« Koal schreckt hoch und kneift die Augen zusammen gegen die tiefstehende Sonne: »Mensch Waldemar, ein menschliches Wesen!?«

»Wie mans nimmt!«

»Das mit dem Peter Noack hast du gehört!« Wassinke brummt unwillig. Er weiß, daß Jan nun erst mal reden will, eine kurze Unterbrechung seiner Einsamkeit und eine Flucht aus der Gegenwart. Wie bei einem Kristall wachsen Jans Erinnerungen um die Brikettfabrik, in der er über vierzig Jahre gearbeitet hat. Und von dem Punkt an, da Waldemar Wassinke nach dem Austrocknen seines Teiches in Jans Instandhaltungstrupp anfing, verschmelzen die Erinnerungen der beiden.

Wassinkes Leben war von da an vom Rhythmus der Werkssirene bestimmt und nicht mehr von dem der Natur. Er sehnte schon vormittags den Feierabend herbei. Bei Jan war das anders; der freute sich, der elterlichen Wirtschaft und später der Landwirtschaftlichen Produktionsgenossenschaft entgangen zu sein. »Nischt verdienen und keen Feierabend«, so erlebte er die Landarbeit der Eltern.

Mit Wassinke kam auch Peter Noack neu in die Brigade.

Es muß um einen 1. Mai rum gewesen sein, und die Werkssirene hatte gerade zum Frühstück gepfiffen. Ein Kohlezug quietschte mit rauchend heißen Briketts aus dem Werk in Richtung Westen, durch die verrußten Fenster des Pausenraums leuchtete matt der Rote Stern der Planerfüllung. »In einer Stunde ist die Sonne rum. Da verblaßt unser Stern«, sagte Peter Noack, schraubte den Becher von seiner Thermosflasche und goß Kräutertee ein. Jan Koal drehte das Ventilrad des ewig tropfenden Wasserhahns auf und wusch Süßkirschen vom Gutsbaum, der mit den Jahren knorpelig geworden war und gallertartige Harzauswüchse bekommen hatte.

Waldemar Wassinke leckte eine Tomate an und zutschte sie aus: »Die wachsen bei mir im Teich, Jan, zwar nicht so süß wie deine Kirschen, aber dafür zehnmal so groß. Koal stellte den Kirschbeutel zwischen die Flaschenringe auf den Tisch und sagte: »Hat eben alles sein Gutes!« Peter Noack stand am Fenster, schlürfte seinen Tee und zeigt mit dem Becher auf einen Kohlezug: »Dort fährt er dahin, dein Teich. Unsere Heimat als Brikett, zum Verfeuern im Westen. Alles für ein paar lumpige Westmark.«

»Jeder braucht Strom und Wärme«, sagte Koal.

»Der versöhnlerische Jan«, erwiderte Noack.

»Der friedliche!« entgegnete Koal.

»Nein, Jan, ruhig ist nicht friedlich«, beharrte Noack. Wassinke spuckt den grünen Knubbel seiner letzten Tomate aus und sagte zu Koal: »Vergiß deine Sprüche nicht, wenn du selber den Bagger am Arsch hast!«

Die Sirene hupte zweimal: Ende der Frühstückspause. Die Männer packten langsam ein. Vor dem Fenster zog die Hofkolonne auf. Noch leuchteten die Gesichter der Frauen weiß. Sie banden ihre Kopftücher fest und fingen mit dem Fegen an. Der Rote Stern versank in einer schwarzen Wolke.

»Scheiß Arbeit«, sagte Wassinke.

»Muß sein. Brandschutz«, hielt Koal dagegen.

»Da hat die Nachtschicht wieder die Filter ausgeschaltet«, mischte sich Noack ein und äffte eine Parteiparole nach: »Mein Arbeitsplatz – ein Kampfplatz für den Frieden und die Planerfüllung!«

Der Kohlenstaub drang bis in den Pausenraum. Sie schmeckten ihn auf der Zunge und spuckten ins rostfleckige Waschbecken. Die Eisentür sprang auf und knallte gegen einen Spint. Der weiß behelmte Kopf ihres Schichtleiters erschien: »Keine Lust heute?!«

»Die vergeht einem, Genosse Lupsch«, sagte Noack und zerkaute das Genosse und spuckte aus. »Bei dem Dreck!«

Lupsch wandelte das Wo-gehobelt-wird-fallen-Späne in: »Wo brikettiert wird, ist Staub!« um.

»Wo die Filter ausgeschaltet werden, Werni. Mit mir übrigens bei der nächsten Nachtschicht nicht mehr!«

Zur Mittagspause erschien der Werksdirektor am Kantinentisch der drei Männer. Es gab Schnitzel mit Mischgemüse für fünfundachtzig Pfennige.

Der Direktor Christian Beutig schwitzte in seinem

Präsent-20-Sakko vor Ärger und Aufregung. Er mochte sich selber nicht riechen, aber das Parteiabzeichen überwachte seine Parteilichkeit und seinen festen Klassenstandpunkt.

»Wir kämpfen um jedes Brikett zur Planerfüllung, und ihr quatscht rum, und das in der Arbeitszeit!« sagte er. Er teilte Noack ab sofort nur noch für die Tagschicht ein.

Am nächsten Mittag herrschte in der Kolonie Sonnenfinsternis. Die Brikettfabrik spie schwarze Wolken aus allen Schloten wie ein siebenköpfiger Drache. Am Roten Stern verkündete eine Stoffahne: Nachtbetrieb. Lupsch und Beutig sahen nach oben zum Stern. Kohlenstaub rieselte in die Gesichter. Mit ihren Taschentüchern wischten sie sich die Augen aus: In den Taschentüchern blieben schwarze Flecken zurück.

»Noack«, brüllte Schichtleiter Lupsch, »der Noack wurde gesehen, wie er mit der Fahne hoch ist!« Betriebsdirektor Beutig nickte: »Dachte ich mir.«

Peter Noack wurde ins Büro der Betriebsleitung bestellt. Beutig zur Seite saß Lupsch, über alle hinweg blickte Erich Honecker ohne jedes Lächeln in eine ferne, neue Welt. Am anderen Ende des Versammlungstisches hockte Peter Noack und drehte seinen Arbeitsschutzhelm in den Händen. Um die Schwere des Falls zu demonstrieren, siezten sie Peter Noack.

»Uns scheint«, sagte Beutig, »Sie sind aus dem Westen gesteuert? Sie hatten regelmäßig Besuch aus Schweden. «

»Und man hat Sie mit diesem Besuch in einem Abrißdorf gesehen«, ergänzte Lupsch.

»Zusammen mit dem Schweden dienen die Aktivitäten zur feindlich negativen Propaganda gegen unsere sozialistische DDR.«

Hinterher fragte Wassinke: »Wie wars?«

»Die drehen das politisch«, sagte Noack.

Am Nachmittag stand Wassinke vor Beutig und dem Honecker-Bild und knallte seinen Schutzhelm auf den Tisch, daß die Kaffeetassen umfielen: »Wir machen weiter wie bisher, und ihr laßt den Noack in Ruhe, oder ich hänge das an die ganz große Glocke«, sagte Wassinke. Davor nun hatte Beutig Angst, schließlich verstieß das mit dem Abschalten der Filter gegen die bestehenden Gesetze.

Wenig später rief der Betriebsfunk den Schichtleiter Lupsch zum Genossen Direktor. »Der Wassinke steckt mit unter der Decke«, sagte Beutig zu Lupsch. »Aber macht einer Theater und behauptet, die Partei lügt beim Umweltschutz, machen wir den Maxen und nicht die Partei. Und wenn die alle zehnmal wissen, daß wir sonst ihren Plan nicht erfüllen. Und bei Westgeld hört die Freundschaft und der Sozialismus auf. Und schalten die den Schweden ein, finden wir uns nicht wieder. Also kleinkochen und sich den Noack bei anderer Gelegenheit greifen!«

Die Gelegenheit kam zur Wende. Beutig selbst entließ Peter Noack: »Dein sehnlichster Wunsch geht durch die friedliche Revolution in Erfüllung. Du brauchst hier nicht mehr mitzumachen!«

Waldemar Wassinke möchte sich am liebsten auf die Bank neben Jan Koal setzen. Aber der Vogeldreck hält ihn ab. Jan Koal schluckt trocken und sagt: »Wenn das mit dem Noack mal nicht an der Beutig-Geschichte hängt. Der Beutig war immer ein Schwein. Er hat den Peter nicht mal als ABeEm das Werk mit abreißen lassen.«

»Peter«, sagt Wassinke, »hatte vor ein paar Tagen aus seiner Akte erfahren, daß es der Lupsch war, der ihn bei Beutig verpfiffen hatte.«

»Der wird doch nicht den Peter umgebracht haben, damit er wieder in den Bundestag kommt?« fragt Koal.

Wassinke antwortet nicht. Er erklärt das mit den Filmen und muß jetzt seinen alten Freund Jan Koal um einen Freundschaftsdienst bitten: »Ich muß noch was für Ruth erledigen. Bei dir vermutet niemand die Filme.«

»Schon gut, laß sie hier«, sagt Koal.

»Es ist nicht ungefährlich!«

»Uns geht es doch beiden nicht mehr um das eigene Leben.« Jan Koal steckt die Filme in seinen Stoffbeutel. »Ich glaube«, sagt er, »wir hätten anders leben müssen. Wir sind den einfachsten Weg gegangen, haben von der Kohle gelebt wie von Gott gewollt. Und wir haben nicht gemerkt, wie wir uns den Boden unter den Füßen weggraben. Immer betraf es die anderen. Wir hinterlassen eine Wüste, Waldemar. Deshalb nehme ich die Filme.«

Wassinke hat die ganze Zeit neben der Bank gestanden, mit dem Rücken zum Weg.

»Wenn man vom Teufel spricht«, sagt Koal. »Ist das nicht der Beutig?«

Wassinke dreht sich um. Tatsächlich, der Beutig. Was macht der hier? Wird uns doch nicht entdeckt und das mit den Filmen mitgekriegt haben? Wassinke wird mulmig zumute. Zeit, daß er abhaut.

»Laß mal«, sagt Koal, »auch ein Beutig wird es mit dem Tod zu tun bekommen.«

Bei der Verabschiedung knuffen sie sich wie immer gegenseitig auf den Oberarm. Die Straßenbahn bringt schon die nächste Ladung Trauernder für die nächste Beerdigung. Das geht hier im Stundentakt.

Am Bahnsteig der Parkeisenbahn steht ein Schild *Heute Sonderfahrt*. Im Sommer ist Jan Koal jeden Tag zur *Friedenseiche*, wo seine Frau Köchin war, gefahren. Jetzt ist die *Friedenseiche* baupolizeilich gesperrt und Koal der einzige auf dem Bahnsteig. Wer fährt auch zu dieser Jahreszeit mit der Parkeisenbahn. Die hieß in der DDR Pioniereisenbahn, und mancher Schaffner oder Lokführer der Deutschen Reichsbahn begann hier seine Laufbahn.

Der Fahrkartenschalter ist geschlossen.

Die Lok pfeift. Es ist die letzte Fahrt vor der Winterpause. Jan Koal steigt ein. Er hat den Wagen für sich. Er schaut noch einmal in den Stoffbeutel und legt ihn auf den Sitz gegenüber. Die heisere Pfeife der Dampflok kündigt die nächste Station, den *Tertiärwald* an. Auf dem Bahnsteig steht ein versteinerter Mammutbaum und kündet von der Mächtigkeit der tertiären Wälder vor 17 Millionen Jahren. Nach dem *Tertiärwald* schlängeln sich die Gleise durch ein Wäldchen; da und dort lugt ein Findling durch die Bäume. Es sieht so aus, als wäre auch bei diesem Halt niemand zugestiegen.

Bruno Bollhagen ist süß und latschig zumute. Das war zu viel Stollen. Er hat sich den Dienstwagen geholt. Im Auto tippt er Mona eine SMS: »Bitte sofort melden!«, und nach einem Zögern setzt er hinzu: »Bin in Sorge«. Er macht einen kleinen Umweg nach Wolkenberg, um eine Straße zu nehmen, auf der er schon als Kind gern mit dem Fahrrad unterwegs gewesen ist. Die knorrigen Kastanien bildeten im Sommer ein gotisches Gewölbe. Im Mai leuchteten die weißen Blütenkerzen, und im Herbst sammelte Bollhagen die Kastanien zum Basteln und zum Verfüttern für die Wintermonate. An warmen Sommerabenden schwebten Glühwürmchen unter den Bäumen. Da verstand Bruno die Sagen von den Irrlichtern, denen man blind hinterherläuft bis ins Verderben.

Im Bach an der Straße fing er mit dem Vater Stichlinge und setzte sie zu Hause ins Aquarium. Eines Tages beim Abendbrot knackte das Aquarium wie die Eisschicht auf einem See, dann zerbrach es. Die Mutter schrie: »Der Teppich!« Der Vater: »Die Fische!« Sie sammelten die zappelnden Stichlinge in die Badewanne. »In der Wanne bade ich nicht mehr«, sagte die Mutter. Die Fische brachten sie am nächsten Tag zurück in den Bach. Und da fiel Bruno der Abschied schwer, und er behauptete: »Die haben sich extra noch mal umgeguckt.« Manchmal fuhr der Vater mit ihm im Dunkeln her, nur um zu lauschen. Waldkauz, Eule, Wildschwein, Fuchs und Nachtigall, alle waren sie da. Hier hörte er das erste Mal einen Rehbock bellen. Einmal hielt der Vater Bruno den Mund zu: »Pst! Ich sehe die Lutken!« Jene kleinen Geister, die man nicht erzürnen darf, die nur eins fürchten, den Klang der Glocken.

Vorbei die Kindheit, vorbei das gotische Gewölbe. Die Miniermotte frißt die Kastanien im Sommer kahl. Manche Bäume haben jetzt im Herbst noch einmal Blätter, tödliche Kraftverschwendung. Die Wiese wird von einem Betongraben mit eisenhaltigem Wasser zerschnitten. Der Graben gehört zu dem Entwässerungsring um den Tagebau.

Bollhagen fährt im Schrittempo durch ein abgerissenes Dorf. Die Archäologen legen hier die Siedlungsschichten frei, wobei sie eine Art Wettrennen gegen den Bagger austragen. Der vorläufige Stopp verschafft ihnen etwas Luft.

Bollhagen steigt aus. Eine Tafel gibt Auskunft: Brunnen, Hausumrisse, Keramikfunde, Latrinenstandort, bestatteter Hund, Abfallgrube. Die letzten hundert Jahre sind schon abgetragen. In einer Grube findet Bollhagen Jesus, seinen alten Bekannten. Bollhagen hockt sich an den Grubenrand. Gebückt legt der Archäologe mit einem Spachtel ein kleines Stück Keramik frei. Er wendet sich Bollhagen zu: »Ausgerechnet unter dem Gutshaus ist eine slawische Siedlung. Ausgerechnet da. Der alte Gutsbesitzer war deutsch-national bis in die Knochen, ist das nicht ein Treppenwitz der Geschichte! Fünfundvierzig haben ihn die Russen erschossen.«

»Und der Heilige Georg?« ruft Bollhagen nach unten.

»Der muß ein paar Tage trocknen, dann kann man versuchen, ihn abzunehmen!«

»Jesus rettet den Heiligen Georg! Viel Glück!« Bollhagen fährt weiter. Rings um ihn schnorcheln Filterbrunnen aus der Erde. Bis unter das Kohleflöz muß das Grundwasser abgepumpt werden. Eine gigantische Menge. Plötzlich sieht er einen Geländewagen, einen Wehrmachts-VW-Kübel. Als wäre Bollhagen in eine Zeitmaschine geraten. In dem Geländewagen erkennt er zwei Leute in Uniform und mit Wehrmachtsstahlhelm. Das gibts doch gar nicht! Bollhagen hat kein Fernglas. Er schwenkt auf den Weg und hält auf den Kübel zu. Aber als er an der entsprechenden Stelle ankommt, ist der Spuk vorbei. Nur die Spuren sind noch da; Bollhagen sieht zum

Glück noch keine Gespenster. Da hat sich der Grossling also nichts aus den Fingern gesogen. Die Spuren führen bis zur Kirche. Aber die Kirche ist verbarrikadiert. Bollhagen schiebt das auf den Archäologen, der wohl Angst hat, daß ihm jemand seinen Heiligen Georg von der Wand reißt.

Der Ortseingang von Wolkenberg wird seit neuestem in deutsch und sorbisch angezeigt. Auch die Straßenschilder blinken neu und zweisprachig. Das hängt auch damit zusammen, daß der Noack bei seinem Kampf gegen die Kohlebagger eine Klage beim europäischen Gerichtshof bezüglich des Minderheitenschutzes eingereicht hat.

Aber hier spricht schon lange niemand mehr sorbisch.

Bollhagen kennt diese Diskussion aus den Zeitungen: Sind die Wolkenberger nun eine schützenswürdige Spezies oder nicht? Woran erkennt man das? Die Landesverfassung sagt wohl, Sorbe ist, wer sich dazu bekennt. Also könnte auch ein Eskimo Sorbe sein. Außerdem streiten sie sich, ob sie nun Sorben oder Wenden sind. Die Ämter haben sich für die Schrägstrich-Variante entschieden; das heißt, Bollhagen hat bei amtlichen Einträgen »Sorbe/Wende« zu schreiben. Er findet das blödsinnig. Dabei fließt auch in Bollhagen wend'sches Blut, wie seine Tante Maja behauptet.

Die Wolkenberger Höfe sind mit Transparenten an Toren und Zäunen gezeichnet:

Dieser Hof wird nicht verkauft!

Arbeitsplätze ja – Abbaggern nein!

Nach dem Krieg mit eigenen Händen aufgebaut,
jetzt von Fjellfall zerstört!

Für diesen Hof hat jemand im Dreißigjährigen Krieg sein Leben eingesetzt – wir geben ihn nicht preis!

Hier kriegt mich keiner weg!

An der Gemeindeverwaltung hängt ebenfalls ein Spruchband, sicher von Peter Noack angebracht:

Häuptling Seattle: Man verkauft nicht die Erde, über die man läuft, denn jeder Teil dieser Erde ist meinem Volk heilig. Jeder Hügel, jedes Tal, jede Lichtung und jeder Wald ist heilig im Gedächtnis und im Herzen meines Volkes. Selbst die stummen Steine bringen Erinnerungen und Ereignisse zum Klingen. Die Erde unter unseren Füßen besteht aus der Asche unserer Väter. Die Erde lebt und ist kostbar durch unsere Vorfahren.

Ein kämpferisches Ortsbild also. Die Hunde kläffen dazu, und einige Leute bringen sich in Positur – falls der Bollhagen ein Reporter ist. In Vorgärten stehen noch die erfrorenen Dahlien. Die Leute haben sie einfach in der Erde gelassen und dem sicheren Erfrieren preisgegeben, so als lohnte es sich nicht mehr, hier an das nächste Frühjahr zu denken.

Das Dorf hat ein bißchen was von den guten alten DDR-Verhältnissen. Bemooste Betondachsteine und kleinguckschige Fenster mit rissiger, grauweißer Farbe, die stellenweise abplatzt wie der Putz von den Wänden.

Vor einem Grundstück liegt sogar ein Briketthaufen.

Fünfzig Zentner, dafür hat Bollhagen einen Blick. Er hat in seiner Jugend genug solcher Haufen in den Keller schaffen müssen. Den Kohleschapp hatte der Vater aus rohen Brettern gebaut, ebenso die Regale für das Eingeweckte und die Kartoffelhorde für die Einkellerungskartoffeln. Ein Arkadien für Holzwürmer, die allmählich die Bauten des Vaters zermehlten. Die Kneipe ist am anderen Dorfende und heißt nicht *Deutsches Haus*, *Jägerheim*, *Erbgericht* oder *Zur Kastanie*, sondern *Sansibar*. Sie gehört Peter Noacks Mutter Hilde Noack. Neben dem Eingang aufgestellte Palmen sollen exotisches Flair herbeiwedeln, haben aber den gestrigen Frost nicht vertragen. An der Fassade erkennt Bollhagen noch Reste eines Gemäldes, vom Blau schließt er auf Meer und Insel, eben Sansibar. Die Fenster des angebauten Saals sind zugebrettert. Aber weder Nostalgie noch Trägheit oder Armut sind die Ursache für den Zustand des Dorfes, vielmehr haben das jahrelange Bauverbot im sogenannten Tagebauschutzgebiet zu DDR-Zeiten sowie das jetzige Hin und Her, das Peter Noack maßgeblich inszeniert hat, jegliche Modernisierung verhindert. Für Bollhagen ist die geschlossene Haltung der Wolkenberger im Kampf gegen den Bagger ein kleines Wunder. Denn die Verweigerer nehmen ein hohes Risiko auf sich: Zwangsenteignung bedeutet weniger Entschädigung und weniger praktische Unterstützung bei Dingen wie Umzug oder Hausbau am neuen Wohnort. Mäuse fängt man mit Speck, das weiß jeder. Peter Noack hatte offenbar alle Dorfleute zusammengehalten. Zweifellos ein starkes Motiv für den Mord. Warum aber die ungewöhnliche Tatwaffe?

Im *Sansibar* riecht es nach Zigarettenrauch, saurem

Bier und Bockwurst mit Senf und Majosalat. Der Mief der DDR-Gastlichkeit, denkt Bollhagen. »Wir haben geschlossen, wir haben einen Trauerfall«, sagt eine untersetzte ältere Frau. Sie schiebt einen Wagen vor sich her, der ihr beim Laufen Halt gibt. In ihrem Haarnetz dümpeln spärliche Locken. Im Gegensatz dazu betont ein sportlicher Pullover einen gewaltigen Busen. »Herzliches Beileid«, sagt Bollhagen. Und schon ärgert ihn die Benutzung dieser Floskel. Die Wirtin taucht hinter dem Tresen ab, für sie ist der Ankömmling erledigt.

Sansibar ist wirklich ein merkwürdiger Name für eine alte Dorfkneipe. Bollhagen sieht sich um. Aus der Mitte des Eichenbohlentisches wächst eine gedrechselte Palme, statt einer Kokosnuß trägt sie das Stammtisch-Schild. Geradezu erklettert ein ausgestopfter Affe einen Baumstamm. Die Lampen sind mit gelben Überzügen versehen, auf denen Sonnengesichter lachen. Aber diese Sonnen vertrüben das spärliche Licht der Lampen eher. Die Wirtin kommt mit einer Flasche Klarem wieder hervor: »Immer noch da? Ochn Schnaps?«

Bollhagen würde ja gern, schon um den verklebten Stollen samt Rosinen in seinem Magen aufzulösen. »Ich bin ...«

»Wegen Peter?«

»Ja.«

»Hm. Polizei, stimmts?«

»Ja, Bruno Bollhagen.«

Sie winkt ab. »Merk ich mir sowieso nicht. Komm Se«, sagt sie und schlurft mit der Schnapsflasche zum Stammtisch. Sie plumpst auf einen Stuhl. Das Stammtischschild wackelt. Mit dem Kopf deutet sie auf den Affen: »Der versteht mich besser als meine eigenen

Söhne.« Bollhagen setzt sich. Hilde Noack steckt sich eine Zigarette an und inhaliert den ersten Zug, als wäre das reiner Sauerstoff. Dennoch bleibt beim Ausatmen Rauch übrig und attackiert Bruno Bollhagens Lunge.

Manchmal wäre mehr Amerika hier doch gut, denkt Bollhagen und wechselt auf die andere Tischseite.

»Wegen meiner Zigarette, wa!« sagt sie und wedelt sogar ein bißchen mit der Hand. Dann legt sie los, und Bollhagen fragt sich, ob er hier in ein Referat geraten ist: »Die Vorfahren von meim Herbert ersehnten vor ieber hundert Jahren och das Glück woanders in der Welt. War nischt los mit der Lausitz wie heute. Ganz ohne Deutschland solltes aber och nicht sein. Und Sansibar war damals deutsche Kolonie. Hatten Pech; bevor se wegkamen, verscherbelte der Kaiser Sansibar den Engländern, ich gloobe gegen Helgoland. Aus der Traum. Dann haben die sich eben gesagt: Kommen wir nicht zur Insel, kommt die Insel zu uns …«

»Wie bei der D-Mark«, versucht sich Bollhagen einzuschalten. Hilde Noack erzählt unbeirrt weiter: »Sie kooften die Kneipe in Wolkenberg und machten *Sansibar* daraus.«

»Gibt es auf Sansibar Affen?« unterbricht Bollhagen und zeigt auf den Kletterbaum. »Keene Ahnung. Ich habe das mit dem Affen von den Eltern übernommen, und bei denen war der och schon drinne.« Bollhagen unternimmt erneut einen Vorstoß, um endlich seine Fragen loszuwerden: »Mit Ihrem Sohn, das tut mir leid, wir werden den Mörder finden.«

»Ich habe immer gesagt: Das gibt ein Unheil! Diese Streiterei. Ich hätte *Sansibar* verkooft und gut. Hat doch keenen Zweck. Se sehen doch selber. Im Affen wohnen schon Mäuse. Aber der Peter war dagegen. Das hat die Familie auseinandergebracht.« Sie schneuzt in ein Männertaschentuch. »Der Heinz ist auf meiner Seite, mit dem Verkoofen, sonst ooch nicht. Der will im Spreewald een Hotel bauen. Dabei haben die dort ooch bald keen Wasser mehr. Und dann ist Pumpe, und den Rest zerlatschen die Touristen. Und der Peter war ja der Anführer vons Nich-verkoofen hier.« Sie beugt sich zu Bollhagen rüber und bringt eine Zigarettenfahne mit und wispert: »Ging haarig zu zwischen den beeden. Im Suff hat der Peter mal gesagt: Wir lassen uns nicht mit nem Appel und nem Ei abspeisen; wenn wir *Sansibar* vakoofen, muß och Sansibar rauskommen und nicht Krümelkackerei. Na, ich war jedenfalls baff. Der Peter mit seinem Heilige-Heimat-Gerede und dann das. Fragen Se mich nicht, wie er das gemeent hat. Ich gloobe, die Scheidung hatn fertiggemacht, war danach reeneweg rapplig.

Ich will bloß noch meine Ruhe, wenn Se verstehen. Aber die gönnte mir der Peter nicht und der Heinz ooch nicht.

Was hats gebracht, das Offlehnen gegen den Tagebau. Peter ist tot, und der Wassinke wird ooch bloß unglücklich. Der eegne Sohn, der Heinz, hat mir die Hiegiiene offn Hals gehetzt. Alles Edelstahl in de Küche und Lüftung und was weeß ich alles. Wer soll das bezahlen, hab ich die Kommission gefragt. Na Sie, haben die glattweg zurückgesagt. Und wenn nicht, Bude zu und basta. So isses gekommen. Habe ich Ihnen ja schon gesagt: geschlossen.«

Bollhagen läßt sich beschreiben, wo der Sohn Heinz im Spreewald wohnt, und fragt noch nach dem Schweden. »Ja, der Valsbjerg wollte zu Peter, aber das war ja nu zu späte. Die kennen sich schon von früher vom Naturschutz oder so. Als die Kauschaer paarundachtzig raus sind und das Dorf leer stand, sind se hin, mit dem Wassinke, und Valsbjerg hat Fotos gemacht. Jemand hat se angeschissen. Mein Gott, die ham vom Valsbjerg das Auto auseinandergenommen an der Grenze. Bloß, daß die offgepaßt hatten und inner alten Schäferei een Versteck. Dadurch konnte keener an der Grenze nischt finden. Der Peter hatte nu die Tage sogar rausgefunden, wers war, mit dem Anscheißen. Dafür wird bezahlt; hatte Peter gesagt, aber gesagt, wer es ist, hat er nicht.«

Der Stollen rumort in Bollhagens Bauch. Er gärt und gärt wie die Motive für den Mord. Nun noch die Stasinummer: Opfer erkennt Täter, Täter inzwischen Karriereleiter hoch geklettert, bei Enttarnung alles verloren, bleibt nur Mord. Bollhagen hakt ein: Täter Karriereleiter hoch … Lupsch? Der taucht immer mit auf.

Hilde Noack drückt ihm ein Taschenfläschchen *Spreewaldbitter* in die Hand: »Für zu Hause, gegen das Bauchknurren. Und ne Büchse Fisch, schwedischer, vom Olof. Der ist übrigens noch mal vorbeigekommen und hat gefragt, ob ich was von den Filmen weeß, die müssen wohl in der alten Schäferei gelegen haben.«

Im Auto knöpft Bollhagen die Hose auf. Das hilft nicht lange. Doch den *Spreewaldbitter*? Aber dafür ist es ohnehin zu spät. Bollhagen hält an und rennt in den Wald. Danach geht es ihm besser. Wenn sich bloß Mona melden würde …

Der Sattel von Wassinkes SR 2 quietscht bei jeder Bodenwelle. Vor der Teichwirtschaft hupt er, wie ers auch tut, wenn er zur Frischlingszeit in seinen Wald fährt. So gibt er den Wildschweinen Gelegenheit zum Abhauen. Sicherheitshalber hupt er noch einmal. Wassinke knipst den Motor aus und tritt ein Stückchen in die Pedalen wie bei einem Fahrrad. Aber das schafft er nicht mehr weit. Außer Atem hält er an, das Gesicht brennt vom kalten Fahrtwind. Er klappt die Ohrendeckel der Kaninchenfellmütze hoch und lauscht angestrengt: nichts Ungewöhnliches. Sein Hupen hätte ungebetene Gäste in Bewegung gesetzt. Oder lauern sie ihm auf?

Wassinke tritt den Motor wieder an und fährt auf den Hof.

Alles scheint so, wie er es verlassen hatte. Er schiebt das Moped unter das Schleppdach des Bootshauses, hängt die Mütze an den Bremshebel und massiert die steif gefrorenen Knie. In den Windböen hängt das Brummen eines Motors. Der Schwede?

Bollhagen ist unruhig wegen Mona. Er bereut seinen gestrigen Streit mit ihr. So wie er mit diesem Mordfall nicht weiterkommt, steckt auch sein Liebesleben in einer Falle. Er würde ja sogar die Rolle des Helden spielen, aber wie, wenn er nicht mal weiß, welches Stück zur Zeit gerade gegeben wird. Wahrscheinlich hat Babke eh schon wieder überall rumposaunt, daß der Chef genauso hilflos herumtappt wie der letzte Streifenpolizist. Soviel ist jedoch sicher: Wenn einer mehr weiß, als er sagt, dann ist es Wassinke. Was immer der Schwede vorhatte, Wassinke muß mit seiner Klage der Auslöser für den Mord gewesen sein.

Ungeduldig fährt Bollhagen um die Kurve auf den Dammweg zur Teichwirtschaft. Jählings bremst er: Wie aus dem Nichts radelt Johanna vor ihm. Sie stemmt sich gegen den Wind. Bollhagen hupt. Das bringt ihn noch weniger vorwärts, denn Johanna leitet nun ein Bremsmanöver ein: Ihr Mantel öffnet sich zu einem Bremsfallschirm.

Bollhagen bleibt mit einem Ruck stehen und macht die Augen zu. Aber Johanna kullert ihm nicht vors Auto. »Anhalten und absteigen ist am schwierigsten«, sagt sie und faßt nach dem Bremsfuß, ob an dem alles unversehrt ist.

»Tut mir leid«, sagt Bollhagen, »wenn ich gewußt hätte, daß Sie unterwegs sind.«

»Heute später wegen meinem Heinz. Ich meine, das Essen für Waldemar. Der wird warten. Mit Heinz hat heute eene Gymnastik gemacht. Sone Jungsche. Da hat sogar der Suffkopp Glubschoogen gemacht. Ham Se denn den Mörder?«

»So schnell geht das nun nicht. Kleinarbeit. Zum Beispiel Befragungen. Ich bin nämlich unterwegs zu ...« Bollhagen stockt: Das Herr vor Wassinke bleibt ihm zunächst im Halse stecken. Soll er von Waldemar reden oder nur Wassinke sagen? »Da können wir das letzte Stück ja gemeinsam fahren«, sagt Johanna und dreht um. Dabei trippelt sie neben ihrem Fahrrad her. Die Prozedur des Aufsteigens lohnt nicht, weil gleich wieder das Absteigen droht. Bollhagen bleibt nichts anderes übrig, als hinterherzuzuckeln. Er läßt das Fenster herunter und versucht es mit einem Gespräch. An wichtigen Stellen bleibt Johanna stehen und ruft: »Was ham Se gesagt?«

Es dauert also.

Wassinke steht vor der Tür und späht wie ein Trapper,

die Hand über den Augen. »Wir sinds bloß«, ruft Johanna. Wassinke sieht an Johanna vorbei. Er nimmt Kommissar Bollhagen ins Visier. Bloß ist gut, der hat gerade noch gefehlt, denkt Wassinke. Sie dürfen nicht ins Haus; die Unordnung würde den Kommissar gleich mißtrauisch machen. Und am schlimmsten wäre eine Bewachung, dann säße er in der Falle.

»Sie schon wieder«, sagt Wassinke. Ehe Bollhagen was entgegnen kann, antwortet Johanna: »Der Herr Kommissar will uns beide was fragen. Wegen dem Peter Noack.«

»Was denn noch?« brummt Wassinke und wendet sich damit an Johanna.

»Hatten Sie Besuch von einem Schweden?« kommt Bollhagen gleich zur Sache. »Von so weit weg besucht mich niemand.« Johanna fädelt ihre Tasche vom Lenker. Wassinke stellt sich in den Weg. »Gib her, esse ich heute abend«, sagt er. Jetzt wird es heikel. Aber als ahne sie etwas, sagt Johanna: »Ich muß och gleich zurück zu Heinze, der wird immer mißtrauischer.«

Bollhagen hakt nach: »Kein Schwede? Und Peter Noack hat nie von einem erzählt?«

»Mir nicht.«

Bollhagen steigt ein und wendet. Johanna dreht mit, nimmt Schwung und sitzt im Sattel. Bollhagen braucht etwas länger, deshalb fährt Johanna nun wieder vor ihm. Und es ist kein Vorbeikommen den ganzen Teichdamm lang. Bollhagen kocht.

Wassinke beobachtet Johannas Manöver und freut sich, wie sie den von der Kripo reingelegt hat. Der wird fluchen! Johanna tritt keinen Deut schneller. Wie eine einfältige Krähe sitzt sie auf dem Fahrrad in ihrem schwarzen Mantel und reckt die weiße Nase nach oben und spielt ihren Vorteil aus.

Plötzlich aber stoppt der Wagen und rast rückwärts auf Wassinkes Hof zurück. Bollhagen ruft aus dem offenen Fenster: »Und noch etwas! Die Tatwaffe war eine achtunddreißiger Walther.«

»Alte Wehrmachtspistole«, entgegnet Wassinke sofort und, wie er selber bemerkt, ein bißchen zu aufgeregt. Deshalb schiebt er ein Anhängsel hinterher: »Wenn ich nicht irre!«

»Sie irren nicht! Wissen verdammt gut Bescheid. Vielleicht wissen Sie auch etwas über so eine Pistole in der Gegend?«

»Gabs hier massenhaft, fünfundvierzig im April.«

»Was ist damals passiert in der Kirche?«

»Was überall passiert ist in der Zeit. Zum Beispiel eine Kesselschlacht. Pistolen gegen T-vierunddreißig-Panzer. Aussichtslos. Überall lagen die Toten verstreut. Was soll ich da wissen.«

Bollhagen überlegt, ob er Wassinke direkt auf die Kugel von damals in der Kirche und die von heute in Noacks Leichnam ansprechen soll. Aber das ist wohl jetzt nicht der richtige Zeitpunkt.

Wassinke schaut zum Teichdamm und sagt: »Der Weg ist frei!«

»Wollen Sie immer noch keinen Schutz?«

»Immer noch keinen!« Wassinke schlurft in Holzpantoffeln zum Hauseingang. Drinnen setzt er sich gleich an den Küchentisch und stützt den Kopf in die Hände und zwingt sich zum Nachdenken. Er wollte längst das Versprechen an Ruth abgetragen haben. Aber erst kommt die Johanna jeden Tag, und er mag sie nicht wegschicken, und dann macht die Johanna die Erinnerungen an Ruth kleiner. Und bald wird sich der von der Kripo nicht mehr abschütteln lassen.

Bollhagen ist wütend auf Wassinke. Der Kerl blockt. Was spielte sich damals in der Kirche ab, und was hatte Wassinke damit zu tun? Die schnelle Antwort bei der Pistole! Ist es bloß Sturheit, daß er jeden Schutz ablehnt?

Die Halbschranken an der Kohlebahn blinken. Am Warnkreuz schreit sich eine Bimmel heiser. Bollhagen stellt den Motor ab und starrt aus dem Fenster.

Irgend etwas an Wassinkes Verhalten war merkwürdig. Nicht mal die Frau hat er reingelassen. Er wird mit seinem Eigensinn auch noch im Tertiär landen.

Der Kohlezug faucht heran. Die Waggons hämmern den Rhythmus der Schienenstöße in die herbstsatte Luft. Der letzte Wagen zieht eine Fahne aus Krach und Wind hinter sich her. Noch sind die Schranken geschlossen, und Bollhagen wendet mit quietschenden Dienstreifen. Zurück zu Wassinke.

Der ist nirgends auf seinem Hof zu finden. Bollhagen geht um den Bootsschuppen und entdeckt Spuren eines Handwagens. Sie kreuzen den Hof und zeichnen so etwas wie einen Schnittmusterbogen in die aufgeweichte Erde.

Bollhagen folgt diesen Spuren. Sie führen auf die andere Teichseite. Notdürftig mit Kiefernzweigen getarnt, liegt Wassinkes zerschlagener Hausrat in einer Grube. Das war doch nicht Johanna, und der Wassinke selber auch nicht. Oder der Schwede? Quatsch, der rückt hier nicht zum Töppeschlagen an. Hat jemand etwas gesucht oder dem Wassinke bloß Feuer unterm Arsch gemacht? Verdammt, dieser Wassinke macht das Maul nicht auf! Läßt sich am Ende noch umnieten.

Morgen wird er ihm einen Polizisten vor die Tür stellen. Am besten den Greiner!

An der Wolkenberger Kirche trifft Bollhagen wieder auf Wassinkes Handwagenspur. Was hat der hier gemacht?

Die Kirchtür ist verschlossen.

Jemand ruft nach Bollhagen: Der baskenmützige Umbetter. Er stützt sich auf eine Schaufel und sagt: »Wir haben ein Grab ohne Leiche!«

Greiner gähnt, daß die Kiefer knacken. Er hat heute wieder Dienst auf dem Revier und wertet lautstark die Wachschicht im Tagebau aus: »Nächtelang rumsitzen für nischt. Der Bollhagen denkt wahrscheinlich, daß jemand den Dreck aus dem Tagebau klauen will.«

»Alles ein Wirrrrwarrrr«, sagt Wirrwarr und läßt die Kaffeemaschine röhren. Auf der klebt ein kleines grünes Männchen mit erhobener roter Kelle, auf der *Halt! Polizei!* steht.

»Wirr sind halt nurrr kleene grrrüne Männchen.«

Sie trinken Kaffee und gehen zum Tagesgeschäft über, Vorkommnis für Vorkommnis:

Fahrraddiebstahl.

Schlägerei in der Straßenbahn.

Raubüberfall unter Jugendlichen: Ein Siebzehnjähriger erzwang von einem Fünfzehnjährigen die Herausgabe von Geld und Discman, anschließend ließ der Erpresser sich noch in die Jacke des Opfers helfen. Die paßte und wechselte also auch den Besitzer. Vom Täter fehlt jede Spur.

Weiter im Text. Greiner liest die nächste Meldung:

In der Hufelandstraße haben Unbekannte die Scheibe eines BMW eingeschlagen und Handtasche und Handy daraus gestohlen. Die Besitzerin, eine junge Frau, war nur schnell ihr Kind im Kindergarten abgeben.

Unbekannte haben in der Nacht satanistische Symbole an die katholische Kirche gesprüht.

Einbruch in eine Boutique.

Wirrwarr ruft in die Revierrunde: »Tolle Nummerrr bei Beate Uhse. Porrrnos geklaut. Rrreingegangen, eingesackt und ab. Extrra langsam durrch die elektrronische Sicherrrung. Die hupt. Die Verrrkäuferrin hinterrrherrr. In derr Zeit nimmt drrinnen derrr Komplice die Kasse aus. Nirrgends eene Spurr mehrr.«

Während Wirrwarr sich noch über die Pornodiebe amüsiert, kommt ein Einsatzbefehl: »Männliche Leiche im Tertiärwald«.

Auch Bollhagen erhält die Nachricht und schickt Babke in den Tertiärwald. Er hat keine Ruhe mehr wegen Mona. Wozu ist man Profi, da wird man doch die eigene Freundin aufspüren! Seine ganze Bude wird er auf den Kopf stellen, um einen Anhaltspunkt zu finden. Notfalls Großfahndung. Mona ist chaotisch. Es wird einen Hinweis geben, und er wird ihm nachgehen.

Bollhagen legt eine Sondergenehmigung aufs Armaturenbrett und stellt das Auto vor seinen Hauseingang. Er rennt die Treppen hoch, schließt auf, ruft nach Mona, zieht nicht mal die Schuhe aus und reißt nacheinander alle Türen auf. Im Bad wird er fündig.

Mona liegt zwischen Schaumbergen in der Badewanne, mit Kopfhörern. Sie schreckt hoch und reißt die Kopfhörer ab. Bollhagen hört sich mit »Wenn ein Mensch …«. Er ist fassungslos, Mona hört seine Musik. Nur das zählt, alles andere ist vergessen.

Er zieht sich aus und setzt zum Hechter in die Badewanne an, aber die ist noch eine original DDR-Neubau-Badewanne und für jede Art von Zweisamkeit ungeeignet. Bleibt als nächstes die Wohnlandschaft.

Monas Schaum versickert knisternd in den Bezügen. Bollhagen holt eine Flasche Rotwein und den Stollen.

Sie wickeln sich in eine Decke, und dann erzählt Mona die Geschichte vom Sturz der Revolutionärin Mona.

Getragen auf den Schultern des Volkes an die Runden Tische der endlosen Dispute, nahm es Mona mit der Forderung »Wir lassen unsere Heimat nicht verheizen!« sehr ernst. Sie stritt am Runden Tisch/Ausschuß Kohle für die Offenlegung aller Umweltdaten zur Energiepolitik.

Im Textilkombinat produzierte sie mit ihrer Brigade »Roter Oktober« weiter eifrig Präsent-20-Stoffballen. Und in den Tagen der Maueröffnung trat sie ans Mikrofon des Betriebsfunks mit der Losung: »Erst die Produktion, dann der Westen!«

Bei einer Brigadeversammlung strichen sie einstimmig das »Roter« aus ihrem Namen, war das doch eine Referenz an die Große Sozialistische Oktoberrevolution von 1917 in Rußland. Der Oktober, ohne den »Roten«, sollte nun für das Aufbegehren des Volkes in der DDR stehen.

Mona fand vor revolutionärem Eifer nicht mal Gelegenheit, über die Grenze zu fahren und ihre einhundert Westmark Begrüßungsgeld abzuholen. Sie beschäftigte sich mit der Technik, der Theorie und den Auswirkungen der Kohleförderung. Einer ihrer Berater war Peter Noack.

Das Rad der Geschichte raste, und wer vermochte noch mit Bestimmtheit zu sagen, ob vor- oder rückwärts.

»Wir machen Politik«, sagte Mona zu Peter Noack und fiel ihm um den Hals.

»Politik«, sagte Noack, »nicht Liebe!«

Der Runde Tisch/Ausschuß Kohle etablierte sich als demokratisches Machtorgan, um unabhängig von der Braunkohlenindustrie Entscheidungen zu treffen.

Der Intendant des Theaters suchte weiterhin Monas Nähe. Er brauchte ihre Wärme, weil auch ihm der revolutionäre Wind eiskalt um die Nase wehte. Der Intendant, so wurde behauptet, sei weniger ein kreativer Kopf als vielmehr eine Klette der Revolution gewesen.

Peter Noack war bereits arbeitslos, als auch die Präsent-20-Stoffballen keinen Abnehmer mehr fanden. Das Textilkombinat schloß seine Pforten. Der arbeitslosen Mona blieb die Arbeit im Kohle-Ausschuß. Auf dem Runden Tisch lagen die Filme mit den Wasserdaten. Das Bürgerkomitee hatte die Akten, bevor sie der neu gegründeten Braunkohlengesellschaft übergeben wurden, in einer Nacht-und-Nebel-Aktion abgefilmt.

»Veröffentlichen«, sagte die Ausschußvorsitzende Mona.

»Die gehören per Vertrag dem privatisierten Tagebaubetrieb«, sagte das Ausschußmitglied Lupsch.

»Diese Daten betreffen unser aller Lebensgrundlage, da gibt es nichts zu privatisieren.«

»Das ist ein Unfug«, wetterte Lupsch, »wir als demokratisch legitimierter und unabhängiger Ausschuß holen uns die Daten von der Braunkohlengesellschaft und leiten sie an die Öffentlichkeit weiter.«

Mona eiferte: »Unabhängig? Werner Lupsch, von seiner Partei benannt, ist im Betriebsrat der Braunkohlengesellschaft. Christian Beutig, nominiert von den Sorben, ist Leiter der Umsiedlung in der Braunkohlengesellschaft. Dann haben wir noch einen Vertreter der Handwerkskammer, deren größter Arbeitgeber ist die Braunkohlengesellschaft, dann haben wir den Vertreter des Kreistags, er ist im Förderverein der Parkeisenbahn, einziger Sponsor die Braunkohlengesellschaft, dann ist da der Vertreter der Kleingärtner, er ist Baggerfahrer in der Braunkohle. Soll ich weitermachen mit unseren Unabhängigen? Herr Feinniger, der für die Braunkohlengesellschaft als Beobachter hier sitzt, kennt sie ja alle. Da übrigens hat auch das Wort Beobachter schnell eine andere Bedeutung.«

»Genug!« Lupsch sprang auf: »Was ist mit dem Naturschutz-Vertreter Peter Noack?«

»Ach richtig, der funktionierte nicht für euch, der ist aus der Braunkohle entlassen. Seine Gegenstimme ist ein willkommenes Demokratiespielchen.«

»Ich beantrage Neuwahlen für den Vorsitz wegen Befangenheit der Vorsitzenden. Der neue Vorsitzende soll dann auch über den Umgang mit den Daten entscheiden.«

Bald schon organisierten Lupsch und Feinniger Demonstrationen für den Tagebau. »Ein Gespenst geht um«, sagten sie, »das Gespenst der Arbeitslosigkeit.«

Eines Abends brachte die aufgeregte Zimmerwirtin einen Besucher zu Mona. »Ein sympathischer Herr, graumeliert mit Anzug und Krawatte und Küß-die-Hand-Manieren.«

Er setzte sich auf Monas Bettkante. Den Stuhl hatte die Zimmerwirtin zum Fensterputzen benutzt und noch nicht wieder zurückgestellt. »Unsere Partei braucht gute Leute. Leute, die zusammenwachsen lassen, was zusammen gehört, Leute, die der Wirtschaft eine Perspektive sichern und damit der Region. Solche Leute brauchen wir und Leute, auf die Verlaß ist, Leute die wissen, worauf es ankommt. Ich kann mir Sie gut weiterhin als Vorsitzende des Kohle-Ausschusses und dazu als Bundestagsabgeordnete vorstellen. Sie wissen doch, wo hier den Leuten der Schuh drückt, Sie wären eine ideale Vertreterin der Interessen der Leute. Und das heißt, wir müssen den Investoren beste Voraussetzungen schaffen. Also sicherer Listenplatz und die Daten dorthin, wo sie hingehören, in die Wirtschaft!«

Mona stand am Fenster und ruckte herum: »Das Geschäft heißt demnach Posten gegen Willfährigkeit!«

»Sie dürfen den demokratischen Mantel nicht entfernen, sonst klingt es zu hart.«

»Zu sehr nach Bananenrepublik?«

»Ich bitte Sie!«

»Willfährigkeit stand hier vierzig Jahre hoch im Kurs. Sie werden genügend Mitmacher finden.«

Bei der Vorsitz-Wahl stellte sich außer Mona nur noch Werner Lupsch. Er hatte nur zwei Gegenstimmen, die von Mona und Noack.

Mona wickelt sich aus der Decke, gießt Rotwein ins Glas und nimmt einen kräftigen Schluck. »Die Revolution macht ihre Kinder zur Hure«, sagt sie und gibt das Glas weiter an Bollhagen.

Gute Arbeitstage fangen bei Bollhagen damit an, daß Babke nirgends zu entdecken ist. Heute steht Babke allerdings schon an Bollhagens Bürotür und riecht drei Meilen gegen den Behördenflurmief nach süßlichem Parfüm. Sein weißes Hemd strahlt und sein Gesicht auch. Höchste Alarmstufe für Bollhagen.

»Einen wunderschönen Morgen, Chef«, sagt Babke.

»Morgen«, blafft Bollhagen zurück. Bollhagen fragt nichts. Braucht er auch nicht, Babke platzt gleich. Was der für Muskeln hat, denkt Bollhagen, die zeichnen sich selbst durch den Anzug ab. Legt auch Wert auf enge Sachen, Typ Bodygard. Nein, Bollhagen fragt nicht, sosehr Babke auch darauf wartet. Dieses Kräftemessen verliert Babke, selbst wenn er so anfängt: »Ich bin im Fall Noack ein ganzen Stück vorangekommen!«

»Bin gespannt wie ein Flitzebogen«, sagt Bollhagen und hängt seine Jacke betont langsam an den Garderobenhaken. In dem Moment reißt der Aufhänger.

»Sie sind ja richtig aufgeregt vor Interesse, Chef!«

Gut, eins zu eins, denkt Bollhagen und bückt sich nach der Jacke. Das fällt ihm schwer, er hat sich gestern in der Wohnlandschaft das Kreuz verrenkt.

»Also, mit der Pioniereisenbahn zum Sterben in das Tertiär. Das klingt, was, Chef. Ist aber so bei dem Alten. Aus dem Zug gefallen und mit dem Kopf auf einen Findling. Chaoten, sagt ein Zeuge, hätten ihn im Wagen bedrängt. Der Lokführer weiß nichts von Chaoten, er hat nur den Mann aus dem Zug fallen sehen und gleich die Eins Eins Null angerufen. Läuft dank der Polizeireform ja in Buxtehude auf. Die haben sich den Fundort Tertiärwald buchstabieren lassen, gefragt, was das sei, und bei der Antwort: ›neu gepflanzter Wald, aus dem die Braunkohle entstanden ist‹ gedacht, der verarscht sie, und aufgelegt. Der Lokführer hat noch mal angerufen, sagt er. Und das stimmt auch alles, habe ich überprüft. Jedenfalls ist der Mann tot. Und wissen Sie, wer das war, Chef? Na, ist es immer noch, bloß eben tot: Jan Koal, der Arbeitskollege von Peter Noack.«

Bollhagens Jacke buckelt inzwischen über dem Kleiderhaken. »Das gibts doch nicht!« sagt Bollhagen.

»Eben, dachte ich mir natürlich auch gleich. Zumal, bei dem Wetter Parkeisenbahn! Und wissen Sie, wer der Lokführer war, Chef?«

Natürlich legt er an dieser Stelle eine Pause ein. Wer immer der Lokführer war, es macht Bollhagen fuchtig, daß der Babke einen Schritt voraus ist. »Wer war denn nun der Lokführer!«

»Sie glauben es nicht, Chef! Heinz Noack, der Bruder unseres ersten Tertiär-Toten.«

Schneeregen setzt ein und verschleiert die Bäume und Sträucher zwischen den Fließen des Spreewalds. Die Reste eines eingefallenen Heuschobers sind die letzten Anzeichen einer landwirtschaftlichen Nutzung. Niemand braucht das Heu dieser Wiesen noch, zumal sie oft nur mit dem Kahn zu erreichen sind. Auch in das Dorf, das Bollhagen gerade ansteuert, kam man früher nur mit dem Kahn. Jetzt führt eine schmale Asphaltstraße durch Sumpfgebiete und über Fließe. Die Brücken buckeln nach oben, und zwar aus dem gleichen Grund wie in Venedig: dort sind es die Gondolieri, hier die Kahnfährleute, die drunter durchpassen müssen.

Klingt dort ein beständiges »O sole mio«, besingen die Ausflügler hier gern eine gewisse Susanna, die am Arsch nen Leberfleck hat.

Bollhagen entdeckt einen Jägerstand, und ihm ist, als blitze dort ein Fernglas.

Auf dem Acker vor dem Dorf tuckert ein Eigenbautraktor. Unter einem großen Schleppdach breitet sich ein landwirtschaftliches Durcheinander aus: Strohballen, krummarmige Heuwender, zerfetzte Förderbänder, plattfüßige Hänger und Maschinen und sogar noch ein DDR-Mähdrescher E 516 – alles liegt erstarrt wie im Dornröschenschlaf. Nur der Rost wird nicht müde. Bisher entpuppten sich alle zur Wiederbelebung erhofften Prinzen als Frösche.

Bollhagen läßt das Auto am Ortseingang vor einem gewaltigen Hotelkomplex stehen. *Zur Eiche* heißt das Ding, wahrscheinlich zur Erinnerung an den einstigen Baumbestand, denn eine Eiche ist weit und breit nicht zu entdecken. Ein Plakat verspricht *Einzigartiger Spreewald: Wellness mit tropischem Flair.*

In den Grundstücken am Fließ stehen aufgebockte Kähne, vorbereitet für den Winterschlaf. Über dem Eingangstor zum *Wendenkönig* spannt sich eine Pergola, verziert mit einer eisernen Krone. Rost blüht aus Goldbronze. Dahinter steht ein Wohnhaus aus Stein, weiß angestrichen. Von wegen spreewaldtypisch mit Schilfdach und Balken – schnöde DDR-Hohlblocksteine sind das, wahrscheinlich sogar selber gebacken. Und während Bollhagen noch so seine Betrachtungen anstellt, geht die Terrassentür auf. Eine Frau bindet ein Bedienschürzchen zu und ruft: »Wir ham Mittagstisch!«

Bollhagen geht rein. Der Gastraum ist die umgebaute Wohnstube des Hauses. Vor der Küchenluke zwängt sich der Tresen, auf dem eine spreewaldtrachtige dralle Maid als Kerze steht. Aus der Kopfhaube sterzelt der Docht, daneben gleitet ein geschnitztes Kahnmodell dahin.

Die Frau richtet die Schürze auf Bauchmitte aus. Ihre Haarlocken wippen stramm, wahrscheinlich hat sie gerade die Lockenwickler gezogen.

Bollhagen kommt gleich zur Sache und fragt nach Heinz Noack.

»Sie müssen meinen Mann doch gesehen haben, unterm Schleppdach!«

»Es geht um seinen Bruder.« Und Bollhagen zeigt seinen Ausweis. Die Frau nickt und macht einfach beim Essen weiter: »Den Kaßler gebe ich aus. Es kommen keine Gäste. Ehe ich das Essen wegschmeiße. Keine Gäste. Aber hast du nichts, und es kommt doch mal einer, spricht sich das rum, und du vergraulst dir die letzten Gäste. Also koche ich. Jeden Tag. Ohne Ruhetag. Und keine Gäste, verstehen Sie. Das macht den Heinz krank. Mich auch, aber den Heinz besonders. Wir wollen auch leben. Und der Peter wollte das nicht sehen, hat nur seinen Kram im Kopf gehabt. Immer nur seinen Kram.« Sie geht in die Küche. Dabei entdeckt Bollhagen, daß sie braune Hauslatschen mit weißen Bommeln trägt. Es ist, als wolle die Frau ihren Mann in Schutz nehmen. Das macht Bollhagen mißtrauisch. Weiß sie etwas?

In der Küche klappern Teller, Töpfe und Besteck. Noacks Frau kommt nach einer Weile mit zwei Tellern heran und stellt sie auf den Tisch zu Bollhagen. Das Essen dampft. Den Klößen sieht man die Formung durch die knubbligen Frauenhände noch an. »Sauerkraut ist ausm Spreewald«, sagt sie und läßt am Tresen zwei Bier ein.

Bollhagen reißt einen Kloß auseinander: »Sogar Semmelbrösel!«

»Früher stand hier ein Blockhaus. Von meinen Großeltern. Wir haben das abgerissen und das Haus gebaut. Anfang der achtziger Jahre. Mußte alles neu sein, modern. Na ja. War eben so, die Zeit. Jeden Stein haben wir in der Hand gehabt, jeden Sack Zement mühsam besorgt. Sind Sie ausm Osten?«

Bollhagen nickt. Als hätte er in ein glimmendes Feuer geblasen, lodert dadurch ihr Redeschwall auf. »Dann kennen Sie das ja alles. Früh um fünf anstehen auf der BHG nach jedem bißchen. Das Holz für den Dachstuhl selber im Wald schlagen. Und jetzt das mit dem Wasser. Kein Wasser mehr für die Spree, weil die Tagebaue alle dichtmachen. Einige Fließe sind schon trocken. Früher hatten wir es noch mit Überschwemmungen zu tun. Meine Großmutter hat immer gesagt: ›Zu viel und zu wing ist een Ding.‹ Ist doch irre, da pumpen die wegen der Kohle seit hundert Jahren das Grundwasser weg, und wenn sie nun paar Tagebaue zumachen, fehlt das hochgepumpte Wasser. Und gucken Sie raus, sehen Sie einen Gast? Das große Hotel: pleite. Der Hafen: betoniert. Jetzt haben wir überall die Klopper und keine Natur mehr, und die Leute wollen aber Natur, und wenn das Wasser noch weggeht, dann ist richtig Sense.«

Heinz Noack schraubt unter dem Schleppdach an einer alten Dreschmaschine. Er trägt eine Tarnjacke von der Nationalen Volksarmee. Mit seinen Locken, dem schwarz-kräusligen Schnauzer und seiner Fitneß-Studio-Figur sieht er ganz anders aus als sein Bruder.

Auf dem Schutzblech der Dreschmaschine steht ein Fernglas. »Sie erkennen wohl die Schrauben nicht mehr?« fragt Bollhagen, auf das Fernglas zeigend. »Wo waren Sie …« Bollhagen kommt nicht weiter.

»Wer bringt schon seinen Bruder um?«

»Ich denke in Möglichkeiten«, sagt Bollhagen. »Also, wo waren Sie?«

»Jagd«, sagt Noack.

»Der einsame Jäger also. Im Wehrmachtskübel und mit einer Walther?«

»Was soll das!« Noack zieht seine Hose hoch und stellt das Koppel fester: *Gott mit uns* steht darauf. Bollhagen sieht in der anderen Ecke etwas Abgedecktes. Vorsichtig hebt er die Plane. Darunter steht ein VW-Kübel der Wehrmacht.

»Ist mein Hobby«, sagt Heinz Noack.

»Was«, fragt Bollhagen, »den Krieg nachträglich noch gewinnen?«

»Technik, ich warte auch die Loks der Parkeisenbahn.«

»Da müssen Sie mal wieder die Lokfenster putzen, wenn man so schlecht sieht.«

»Was wollen Sie?«

»Einen Mord aufklären! Nein, inzwischen sind es zwei. Zwei Morde!«

»Sie denken, ich bin aus meiner Lok gestiegen und habe den Mann rausgeschmissen; und das, weil ich meinen Bruder umgebracht habe?«

»Ich werde es herausfinden.«

Mona macht etwas, das sie in Filmen gesehen hat. Sie geht vorn in ein Geschäft hinein und zum Hinterausgang heraus. Dann schlägt sie noch ein paar Haken und ist am Bahnhofsparkplatz. Dort hat sie sich mit Bruno Bollhagen verabredet. Sie fühlt sich, seitdem der Schwede bei ihr war, beobachtet.

Mona steigt zu Bollhagen ins Auto und gibt das Ziel an: Tagebaurestloch Gräbenhain. Das Wetter dümpelt in einer Unentschiedenheit zwischen allen Jahreszeiten dahin.

»Früher haben wir in dieser Gegend Kiefern geklaut und als Weihnachtsbäume verwendet«, sagt Mona. »Aber auf die Idee kommt bei den braunnadligen Schwuppen heutzutage keiner mehr.«

»Wolltest du mir das zeigen?«

»Nein, Bruno, es wird noch schlimmer.«

Ein dumpfer Schlag, und Bollhagen nimmt beide Hände ans Lenkrad: »Scheiße, aufgesetzt!« Wieder mal hat er sonstwohin geguckt, nur nicht auf die Straße.

»Hier ging die Grubenbahn lang«, sagt Mona.

»Hättest du auch eher sagen können.«

Nach einigen hundert Metern endet der Weg. Vor ihnen liegt das halb mit Wasser gefüllte Tagebaurestloch wie ein Mondsee in einer Kraterlandschaft. »Aussteigen, Bruno, den Rest zu Fuß.« Bollhagen steigt aus und macht einen Liegestütz, um unter das Auto zu sehen. Dann zieht er sich Gummistiefel an.

»Hast du die Drahtschere?« fragt Mona.

Der Boden ist sandig. Alle fünfzig Meter stoßen sie auf ein Warnschild: *Verbotenes Gelände. Lebensgefahr.*

Dann ein Zaun, etwa mannshoch. Bollhagen nimmt

die Drahtschere und schneidet ein Loch in die Absperrung. Er hält für Mona den Draht auseinander.

Am Hang über dem Tagebaurestloch bleibt Mona stehen und nimmt Bollhagens Hand: »Vorsichtig, wenn das hier ins Rutschen kommt, ist ein für allemal Feierabend.«

Das Wasser ist klar. Bollhagen sucht nach Fischen. »Du wirst keine finden«, sagt sie, zieht einen Lackmusstreifen aus der Tasche und hält ihn ins Wasser. »In Chemie aufgepaßt, Herr Polizist?«

»Sauer«, antwortete Bollhagen.

»Richtig. Peha drei. Haushaltsessig. Hier wird jeder Fisch zum Bismarckhering. Das saure Wasser beim Fluten der Tagebaue geben sie als Problem noch zu. Einmal Luft am Gestein, und es entsteht ständig schweflige Säure, immer wieder und wieder, auch wenn sie das Wasser austauschen.«

»Deswegen die waghalsige Kletterei? Das hättest du mir auch erzählen können. Ich glaube dir. So etwas jedenfalls.«

»Die größte Sauerei kommt noch.«

Sie laufen hinüber auf die andere Seite. Hier ist es wie bei einem Strandspaziergang. Bollhagen zeigt auf ein kranartiges Gerät, das ein wenig an eine Giraffe erinnert.

»Das ist ein Riesenvibrator, mein Lieber! Mit dem schütteln sie die Böschungen fest, die Traumstrände ihrer Traumseen. Aber es wird gleich spannend.«

»Nein«, faucht er, »jetzt fang du nicht auch noch an mit diesem *spannend.*« Bollhagen hockt sich nieder und hechelt.

»Lange nicht mehr so viel gelaufen«, sagt er. Mona

weist auf eine trockene Betonrinne: »Das ist der Zufluß!«

»Sehr trocken für einen Zufluß!«

»Eben! Das ist es. Im Zufluß fließt nichts. Hier der Abzweig ins nächste Tagebaurestloch und von dort wieder ins nächste und so weiter. Seenkette, verstehst du. Bloß eben Seen ohne Wasser. Das reicht nicht mal fürs erste Loch.«

»Und das Wasser, was im Loch ist?«

»Ist geklautes Grundwasser.«

»Geklautes Wasser?«

»Ja Mensch, die pumpen bei einem stillgelegten Tagebau einfach das Grundwasser weiter ab. Jeden Tag so viel, wie die Stadt Trinkwasser verbraucht.«

Bruno Bollhagen umarmt Mona. Er nimmt den Kopf zu sich unter seine Kapuze.

Sie gehen Hand in Hand zurück bis zu der Stelle, wo sie den Hang heruntergeklettert sind. Aber dann dreht sich Bollhagen noch einmal um und läuft ein Stück in die andere Richtung. Dort entdeckt er im Sand eine Spur.

»Ist was?« fragt Mona.

»Wenn wir Robinson Crusoe spielen würden wie früher als Kinder, würde ich sagen: Ich habe gerade Freitag entdeckt.«

Plötzlich hören sie einen Motor und sehen, wie der Riesenvibrator sich langsam in den Sand der Kippe versenkt und einen Trichter rüttelt, in den der Sand nachrutscht. Das Loch zieht Sand nach sich wie ein Wasserstrudel. Bollhagen und Mona klettern um ihr Leben.

Der Tod lauert wie ein Ameisenlöwe am Boden des Sandtrichters, und sie sind die strampelnden Ameisen, die sich mit jedem Schritt dem Tod nähern. Sie sind eine sichere Beute. Ihr Anrennen gegen die abgekippten Sandmassen ist hoffnungslos. Jetzt ist alles im Fluß.

Bollhagen ist eine Körperlänge über Mona. Höchstens für ihn gibt es noch eine winzige, letzte Chance. Doch plötzlich ist sein rechter Fuß bleischwer. Mona hat ihn zu fassen bekommen. Vorbei. Bei Bollhagen ist nichts geblieben von Heldentum, Männlichkeit oder Ritterlichkeit. Er muß Mona sich selbst überlassen. Bollhagen schreit: »Laß los!« Aber Mona klammert sich mit aller Kraft an Bollhagen, vor ihren Augen tanzen die Sterne. Bollhagens Rufen nimmt sie gar nicht mehr wahr.

Da plötzlich ist über ihnen ein Seil. Bollhagen faßt zu, klammert sich daran wie Mona an sein Bein. Nun ist ihr Kampf nicht mehr aussichtslos, nun gewinnen sie Meter um Meter. Das erste, was Bollhagen sieht, ist ein SR 2. Wassinke! Tatsächlich: Waldemar Wassinke liegt schwer atmend am Boden. Das Seil hat er um eine Birke geschlungen. Die Birke ist die Quecke des Waldes, hatte Bruno in der Schule gelernt, und nun ist sie der Zeigefinger Gottes.

Mona fehlt zum Schluchzen der Atem. Wassinke wickelt die Leine um den Arm und bindet das Knäuel auf dem Gepäckträger fest. »Ist der Strick von den Wolkenberger Kirchenglocken«, sagt er. »Die Glocken haben sie abgeholt. Den Strick habe ich gerettet, habe ihn in meinem Leben zu oft gezogen. Der ist nicht zum Wegschmeißen.«

Also doch die Hand Gottes, die sie rettete! Bollhagen kann das alles kaum glauben.

Wassinke teckert mit seinem Moped davon.

Schnörkellos betrachtet, ergibt sich für Bollhagen beim Frühstück die Frage: Wer würde den Bollhagen gern für immer ins Tertiär schicken? Feinniger oder Grossling? Lupsch oder Babke? Nein, am ehesten noch der Wassinke, aber der hat ihn rausgezogen.

»Erschütternd«, sagt Bollhagen und haut dem Ei mit dem Löffel eins auf den Hut. »Man wird nicht gebraucht in der großen Welt, ist weniger als ein Nichts! Ballast! Und dafür hält man den Arsch hin!«

»Die Welt köpft uns, und wir köpfen das Ei«, sagt Mona und kappt ihr Ei.

Bollhagen leckt seinen Löffel sauber und läßt ihn zwischen den Lippen, so daß er beim Sprechen wippt: »Ich lote unsere Tragik aus, und du?!« Er nimmt den Löffel aus dem Mund und sie küssen sich.

»Mit der großen irdischen Liebe, das ist alles Schwindel. Ich hätte dich mit ins Tertiär gezogen. Rücksichtslos! Oder? Vielleicht gibt es die reine Liebe nur mit Jahrmillionen-Abstand.«

Plötzlich erinnert sich Bollhagen an einen Anruf, den er über dem Kampf in der Sandgrube beinahe vergessen hätte: »Unser gemeinsamer Bekannter aus schweren Autozeiten hat sich bei mir gemeldet.«

»Der mir den Trabi beschafft hat?« fragt Mona.

»Genau der, Achim Nagorke. Tat geheimnisvoll und wichtig. Es wird also später bei mir.«

Von ihrer Verabredung mit Bückmann, einem Mit-Revolutionär aus der Runde-Tisch-Zeit, erzählt Mona ihm besser nichts.

In Bückmanns Institut stinkt es nach Gülle. Vom Fenster aus sieht Mona die riesigen Güllebehälter einer riesigen

Schweinemastanlage. Bückmann ist mit seinem Institut im Lehrlingswohnheim des ehemaligen Volksguts billig untergekommen. Die vielen tausend Schweine hatte der neue Eigentümer übernommen, die 20 Lehrlinge nicht.

Bückmann lehnt am Schrank und streicht über seinen Bürstenigel. »Na ja, frische Landluft eben«, sagt er und hilft Mona aus dem Mantel.

Sie stehen vor Käfigen mit Ratten, einige klemmen apathisch am Gitter. Bückmann hält ein Glas mit einem Präparat hoch: »So sehen die innen aus. Krebsgeschwür. Die Ratte hatte das gesoffen, was sich nach dem Tagebau an Grundwasser bilden wird. Zugegeben etwas höher dosiert. Das Wasser von morgen. Verstehst du, das Grundwasser, was die jetzt wegpumpen, um an die Kohle zu kommen, ist verschleuderte Zukunft. Im wahrsten Sinn des Wortes geht da die Zukunft den Bach runter. Wasser ist das einzige Lebensmittel, das sich nicht synthetisch herstellen läßt.«

»Das hört man ja oft, zukünftige Kriege werden um Wasser geführt …«

Bückmann schüttelt den Kopf, hält das Glas hoch und sagt: »So sieht unser Wasser von morgen aus. Da kommen alle Kriege zu spät.«

»Was tun?«

»Nichts! Es hat keinen Zweck. Wir halten nichts auf. Das war doch unser Irrtum neunundachtzig. Die Leute haben unsere Forderungen zu den ihren gemacht: Umweltdaten in die Zeitung. Ein Vierteljahr, und niemand hat mehr nach den Daten in der Zeitung gesucht. Ein halbes Jahr, und sie sind für den Erhalt der Kohleförderung auf die Straße gegangen: Ohne Kohle stirbt die Region.«

»Inzwischen hast du die Fakten«, sagt Mona.

»Ja und? Was soll ich damit?«

»Du hast ein unabhängiges Institut.«

»In der Tat! Vierundneunzig Prozent der Aufträge sind von *Fjellfall*. Wie ein DDR-Wahlergebnis. Die Magie der neunziger Prozente! Veröffentliche ich das, ist bestenfalls Schluß mit Aufträgen, oder schlimmer: eine Klage wegen Verletzung des Datenschutzes. In jedem Fall sind alle Mitarbeiter arbeitslos, von meinem persönlichen Ruin mal abgesehen. Und die alle würden dann für Arbeit auf die Barrikaden gehen und ohne mit der Wimper zu zucken weitermachen; und wenn zehnmal die eigenen Kinder oder Enkel das Gift saufen müßten. Ich bin mit dem Schnauzehalten doch ein Waisenknabe! ... Wenigstens lassen sie es einem beim Schnauzehalten gut gehen, anders als die Kommunisten.«

Mona kennt diese Sprüche, diese Entschuldigungen und ewigen Ausflüchte. Sie geht einfach. Er wird die Fakten nicht veröffentlichen.

Das Gebäude des Hauptsitzes von *Fjellfall* befindet sich vor der Stadt auf dem flachen Land. Die ehemals grüne Wiese ringsum ist asphaltiert. Parkordnungsstriche sortieren die ankommenden Menschen in Vorstand, Abteilungsleiter, Gäste und Mitarbeiter. Dafür, denkt Bollhagen, haben wir das Politbüro abgeschafft, und er stellt sich auf den Vorstandsparkplatz. Bollhagen ist noch nicht ausgestiegen, da steht schon eine betreßte Empfangsdame neben dem Auto: »Hier nur Vorstand, mein Herr!«

»Polizei«, kontert Bollhagen und wedelt mit dem Dienstausweis.

»Geht nicht über Vorstand!«

»Wer dann?«

»Höchstens Minister oder Bundeskanzler!«

Bollhagen versucht es ganz anders: »Ich bin noch mehr!« Er macht eine Pause, und die Empfangsdame wird unsicher: Der Kerl verhält sich nicht nach antrainierten Mustern, ist vielleicht doch was ganz Hohes?

»Ich bin Gast vom Herrn Feinniger!«

Die Frau begibt sich auf den Rückzug: »Ich frage aber bei Herrn Doktor Feinniger nach!«

Das Foyer wird von einem wuchtigen Tresen dominiert. In einer Vitrine an der Wand gegenüber lächelt die Heilige Barbara, die Schutzheilige der Bergleute. Die sieht aus wie eine Bulemiekranke und ist von Grossling. Die Augenpartie geht ein bißchen ins Asiatische. Entstammt also Grosslings jetziger Schaffensperiode, der China-Phase. Bollhagen denkt an die Höschen-hol-Chinesin.

In der Vorstandsetage schützt ein mächtiger Tisch vor unangemeldeten Eindringlingen. Die Tischdame springt auf: »Herr Doktor Feinniger erwartet Sie!« Na bitte, denkt Bollhagen und wird an eine Sekretärin übergeben.

Feinniger sitzt vor dem Gemälde eines Tagebaus. Bollhagen klassifiziert das als Ölschinken und sucht nach einem röhrenden Hirsch auf der Förderbrücke. Auf jeden Fall ist das Bild nicht von Grossling.

Bollhagen setzt sich in den angebotenen schwarzen Ledersessel. Die Sekretärin stellt das silberne Tablett mit Kaffeetasse, Sahnekännchen und Zuckerdose auf den

Glastisch vor Bollhagen. Als Bollhagen selbst nach dem ersten Schluck Kaffee beharrlich schweigt, eröffnet Feinniger: »Ein schlimmer Vorfall, das mit Ihrer Freundin im Tagebau, aber niemand konnte damit rechnen, alles ist abgesperrt. Wir haben sofort die Sicherheitsvorkehrungen verschärft.«

Bollhagen überlegt noch, wie er vorgehen soll: Angenommen, der Schwede hätte tatsächlich die Filme mit den Wasserdaten von Noack, dann mußte Noack sich die ja beschafft haben. Das wird ihm kaum legal gelungen sein. Bollhagen entschließt sich, übergangslos zu bluffen: »Bei Ihnen ist eingebrochen worden!«

»Mein Gott, nicht direkt, jemand hat die ... die Kaffeekasse mitgehen lassen. Mehr nicht.«

»Mehr nicht?«

»Mehr nicht!«

»War viel Geld drin?«

»Na ja, da sammelt sich was an, meine Sekretärin ist dabei sehr eifrig. So dreihundert bis fünfhundert Euro? Wir geben alle mal was rein. Davon machen wir uns dann gemeinsam einen schönen Abend mit Theater und hinterher Restaurant. Das verbessert das Betriebsklima.«

»Wie sah sie denn aus, die Kaffeekasse?«

»So eine Keksdose von Bahlsen. Nichts Stilechtes. Sie wissen, die Sekretärinnen, bei denen muß alles praktisch sein.«

»Das war's schon«, sagt Bollhagen und haut sich mit der flachen Hand auf die Oberschenkel und holt Schwung, um aus dem Sessel zu kommen. Der Feinniger ist beunruhigt, das genügt Bollhagen vorerst.

Die Sekretärin sitzt mit durchgedrücktem Kreuz am Computer. Bollhagen zückt seine Geldbörse und zieht einen Zehn-Euro-Schein: »Für die Kaffeekasse!« Die Sekretärin lächelt dankbar, öffnet den Schub und steckt das Geld in eine zerkratzte Bahlsenschachtel. Na also, denkt Bollhagen, die fehlt somit nicht.

Als sich die Sekretärin wieder ihrem digitalen Terminplaner auf dem Computerschirm zuwendet, hakt Bollhagen ein: »Das habe ich immer noch nicht begriffen, wie man die Monatsübersichten aufruft.« Die Sekretärin zieht ihre Kostümjacke glatt und führt es ihm vor.

Bollhagen beugt sich weit über die Tastatur: »Das ging zu schnell!« Die Sekretärin zeigt es nochmals. Bis Bollhagen tatsächlich etwas entdeckt: Einen Feinniger-Termin beim Notar Kleinert. Erst im Fahrstuhl wird Bollhagen bewußt, mit wem Feinniger offenbar einen Treff beim Notar hatte: Peter Noack! Der Anführer des Widerstandes geht mit dem Tagebauchef zum Notar!

Die Vorstandsparkplatzwächterin würdigt Bollhagen keines Blickes mehr. Sein Dienstopel wirkt zwischen den Nobelautos auch unpassend. Hinter Bollhagen hupt es. Ein Porsche. Sieht man nicht alle Tage im Osten. Das Fenster auf der Fahrerseite senkt sich. »Was steht denn hier für eine Mühle auf meinem Parkplatz?«

Die Parkplatzwächterin eifert: »Ein persönlicher Gast von Herrn Doktor Feinniger. Ich habe alles versucht, Herr Beutig!«

Bollhagen steigt seelenruhig in seinen Opel, fährt bis zum offenen Porsche-Fenster und winkt. So ein Arsch, denkt man voneinander.

Würde Bollhagen mit einem Porsche zum Dienst erscheinen, hätte er gleich den Korruptionsbeauftragten am Hals. So ungerecht ist die Welt, bemitleidet sich Bollhagen und konzentriert sich wieder auf seine neue Spur.

Notar Kleinert? ... Na klar, da ist doch die vom Delikat-Laden untergekommen: Marie-Luise Scheppan. Bollhagen hatte einst mit ihr auf einem Hausgemeinschaftsfest Bratwürste gegrillt. Der Delikat-Laden befand sich neben Bollhagens Wohnblock und gehörte quasi mit zur Hausgemeinschaft. Das hatte seine guten Seiten, weil so die Versorgung mit raren Delikat-Erzeugnissen gesichert war. Es war das Jahr, in dem Gorbatschow seine Perestroika verkündete.

»Wird nun alles besser, oder bricht alles zusammen, wo der Gorbatschow bein Freunden am Ruder ist?«

»Der is am Ruder, und die bei uns rudern.« So ging das auf dem Hof hin und her. Lampions hingen über langen Tafeln, und sogar die Brauerei beteiligte sich mit einem Faß Bier. Bollhagen meldete sich freiwillig an den Grill und wendete mit der knubbeligen Marie-Luise Scheppan und zwei Frauen der DFD-Gruppe die Bratwürste. Es rauchte, kreschte und zischte und schmeckte. Der Bautzner Senf und die Kohlensäure des Biers gingen eine rülpsige Allianz ein. Kein Gedanke mehr an Gorbatschow oder daran, daß es dem Sozialismus oder der Welt an den Kragen gehen könnte. Marie-Luise Scheppan aß schrecklich viele Bratwürste. »Essen muß sein«, sagte sie.

»Und Liebe?« fragte Bollhagen.

»Auch!« Sie ließen die DFD-Frauen die Bratwürste allein weiter wenden und verschwanden in den Kellergang. Nach der Feier hatte sich dann aber nichts mehr abgespielt zwischen ihnen. Ihr Mann hatte Wind bekommen.

Bollhagen trifft Marie-Luise Scheppan ab und an zufällig in der Stadt. Sie ist pummlig geworden, ißt offenbar noch immer gern. Bollhagen kombiniert: Das Notariat Kleinert ist im Behördenpark, und die Angestellten gehen zum Mittag in die nahe gelegene Fleischerei.

Dort bedient die Chefin persönlich; sie kellt Hausmannskost auf, nichts für Abnehmprogramme. Bollhagen stellt sich in die Schlange und mustert verstohlen die Chefin. Ihr weißer und zu großer Kittel schlägt mächtige Falten. Drahtig auch die Haare, bei denen das Grau das Schwarz besiegt hat. Spätestens in dem Alter ist dünn faltig, und Bollhagen lobt sich seine Mona. Jetzt ist er dran. Zum zigten Mal hebt die Chefin mit ihren dünnen Ärmchen die Edelstahldeckel der Warmhalteschalen, lächelt und fragt: »Was darfs denn sein?«

Und so wie die vor ihm, geht auch Bollhagen Topf für Topf durch und verlängert damit die Schlange. Er entscheidet sich für Schweinezunge mit Meerrettichsoße und Mischgemüse für dreizwanzig. Eine ganze Zunge für dreizwanzig. Da sieht er über die quabblige Soße hinweg.

Bollhagen findet nur mit Mühe einen Platz für seinen Teller an einem der Stehtische. Die drei Frauen an dem Tisch rücken zusammen. Mit ihrem Bürotratsch ist es nun vorbei. Sie picken wie drei Dohlen und schweigen und mustern den Ankömmling aus den Augenwinkeln. Bollhagen biegt seine Gabel gerade. Seine Nachbarinnen suchen nach einem unverfänglichen Gesprächsthema. Bollhagen salzt nach. Bollhagen salzt immer nach, schon vor dem ersten Haps. Die anderen staunen nun unverhohlen. Das sollten sich ihre Männer mal wagen!

Endlich wedelt Marie-Luise Scheppan herein. Bollhagen winkt. Die drei Dohlen sind endgültig pikiert und räumen wortlos das Feld. Marie-Luise tritt an Bollhagens Tisch.

»Du hier?«

»Kein Zufall«, sagt Bollhagen; bei Marie-Luise Scheppan geht es auch ohne Schmus. Er steckt die letzte Kartoffel in den Mund. Innen ist sie noch heiß, und Bollhagen zieht Frischluft nach, am liebsten hätte er die Kartoffel wieder ausgespuckt.

»Immer noch kein vornehmer Mann, Bruno!«

Bollhagen winkt ab, und als er den Mund wieder frei hat, fragt er: »Kannst du für mich rauskriegen, warum der Feinniger und der Noack bei deinem Chef waren?«

»Der Tagebauboß?«

Bollhagen nickt und versucht noch immer seinen verbrannten Gaumen zu kühlen. »Hm, davon weiß ich nichts. Das bedeutet Chefsache. Und an Chefsachen komme ich so gut wie nicht ran.«

»Es ist wichtig. Der Noack ist tot, ermordet ...«

»Der Zerstückelte aus dem Tagebau?«

»Ja, und vielleicht hängt das Motiv mit diesem Notartermin zusammen. Es ist wichtig, tu es aus alter Freundschaft!«

Marie-Luiese sieht auf das weiße Blech des Stehtisches und schnipst einen Kartoffelkrümel weg. »Lange her unsere alte Freundschaft. Wie ein Leben doch in der Zeit versacken kann ...«

Das klingt nicht gut, und Bollhagen fragt nach: »Probleme?«

»Ach, laß gut sein, ich versuche mein Bestes.«

Bollhagen nimmt das so hin, bezieht es auf die Erkundung im Notariat und holt aus der Hosentasche einen Zettel.

»Das Datum«, er entknittert den Zettel und legt ihn vor Marie-Luise. »Und meine Handy-Nummer. Sobald du was rausgefunden hast, gib mir bitte gleich Bescheid. Tag und Nacht.«

»Bruno Bollhagen, immer im Einsatz. So kenne ich ihn!« sagt sie; das klingt doch ziemlich versöhnlich.

In Neu-Straußenhain hat Bollhagen den Eindruck, in einen falschen Film geraten zu sein. In einer Musterhaussiedlung gackern Hühner, Hunde zerren an Ketten und bewachen Frauchens Hollywoodschaukel, ein Mann in Filzstiefeln forkt Mist aus, sein Nachbar erntet zwei Reihen Zuckerrüben und fährt sie auf den Kompost. An einem grob zusammengezimmerten Stall füttert eine Frau in kurzer Strickjacke über der langen Kittelschürze Kaninchen.

Vor dem Haus, in dem Jan Koal die eine Hälfte bewohnte, putzt eine Frau im Vorgarten ein Reh. Sie titscht den Schwamm in einen Eimer mit Wasser und fährt liebevoll über den Rehrücken.

Bruno Bollhagen sieht gebannt zu. »Bei uns hinterm Haus war ne große Wiese, in der ist im Sommer die Sonne untergegangen. Und dazu bellten die Rehböcke. Was ham wir da auf unserer Bank gesessen. Na, vorbei.«

Bollhagen zeigt seine Dienstmarke und fragt nach Koal.

»Mit dem Jan mußte das so passieren«, sagt sie, »der konnte nur in Straußenhain leben, genau wie der Hansi von gegenüber.

Wir ham keene Tiere mitgenommen. Tiere sind feinfühliger als Menschen. Der erste Tote hier im Ort warn Papagei, Hansi eben, zwee, drei Tage nachm Umzug lag er tot im Käfig. Der Mensch blockt ab, zur Not säuft er sich eenen an. Bloß beim Jan hat das nicht geklappt.

Wenn Se reinwolln, ich hab nen Schlüssel. Was der Jan sich selber ausgesperrt hat. Na ja, zu Hause in Straußenhain hatten wir och außen Klinken an den Türen und nie abgeschlossen. Hier machts klack, und du kommst nicht wieder rein. Da hatta mir nen Schlüssel gegeben.«

In Koals Wohnung stehen noch die Umzugskisten. Nur das Notwendigste ist ausgepackt. Hier wohnte einer, der nie angekommen ist.

Bollhagen setzt sich in einen Sessel und schaut auf billige Kunstdrucke. Er knipst eine Stehlampe an.

War es doch Selbstmord? Aber stürzt man sich da aus einer Miniatureisenbahn? Er sieht sich nach einem Abschiedsbrief um. Der Couchtisch wäre die passende Stelle dafür, aber statt eines Briefs liegt hier die Plaste-Nachbildung eines Kohlenbriketts. Bollhagen nimmt das Brikett in die Hand. *Rekord* steht darauf und: *Zur Erinnerung an 90 Jahre Brikettfabrik »Glück auf«.*

Das merkwürdige an dem Fall ist doch, daß alles zusammenzuhängen scheint und dann plötzlich auch wieder nicht.

Jan Koal, Peter Noack, Werner Lupsch, Waldemar Wassinke und dieser Beutig, alle haben in der Brikettbude gearbeitet. Zwei davon sind tot. Dem Wassinke haben sie das Haus durchwühlt, der Beutig ist der Geldgeber für die Eisenbahn, in der Koal seine letzte Fahrt gemacht hat. Dann der Bruder vom ermordeten Peter Noack als Lokfahrer des Todeszugs von Jan Koal und als

Wehrmachts-Kübel-Fahrer. Der Schwede und Lupsch geistern dazwischen herum. Mona, die plötzlich verwickelt ist. Und die Wehrmachtspistole …

Als hinge die Lösung am Faden der Vergangenheit.

Blasmusik treibt Bollhagen aus dem Koalschen Sessel hoch. Er sieht auf die Uhr. Es ist noch genügend Zeit bis zu seiner Verabredung mit Nagorke. Sollen die von der Spurensicherung hier gründlich nachsehen. Beim Gehen fällt ihm auf der Flurgarderobe die *Lausitzer Rundschau* von gestern auf: »Mord im Tertiär. Ermittler Babke hält mit seinen Erkenntnissen hinterm Berg.«

Das haut dem Faß den Boden aus. Tut der so, als wüßte er was und wäre der Mann, der die Fäden in der Hand hält. Diese aufgeblasene Parfümwolke. Was hat denn der Koal dazugekritzelt? »Salz Butter Honig« steht auf dem Zeitungsrand. Bollhagen sieht in der Küche nach. Unter der Spüle in einem muffigen Schrankfach stehen die leeren Gläser. Akkurate Mülltrennung. Tatsächlich ist ein Honigglas darunter. Schreibt ein Selbstmörder für den Tag nach seinem Tod einen Einkaufszettel?

Bollhagen zieht die Wohnungstür zu. Scheiße! Schlüssel drin liegengelassen! Das muß er der Nachbarin beichten. »Die Kollegen von der Spurensicherung bringen das in Ordnung«, sagt Bollhagen und geht in Richtung Blasmusik zum Kriegerdenkmal auf dem Dorfplatz »Fahnenweihe der Schützengilde. Feierliche Sache. Gleichzeitig Werbung in eigener Sache. Vielleicht entschließen Sie sich ja, Mitglied zu werden«, erklärt die Kaninchen-Fütter-Frau von vorhin.

Mit Orden und Ehrenschnüren behangen marschieren die Schützen im Gleichschritt vor dem Denkmal auf.

Die Blasmusik und die deutsche Geschichte. Vorneweg marschiert der Mann mit dem meisten Lametta: der Ehrenvorsitzende, Fleischermeister a. D. Blaistein. Die Haltung hat er von seiner Wehrmachtszeit herübergerettet, der Bauch ist ein Resultat des Fleischerhandwerks. »Ich hatt einen Kameraden«, tuten die Blasmusiker. Plötzlich taucht Feinniger auf. Blaistein legt einen Kranz am Kriegerdenkmal nieder. Auf schwarzrotgoldener Schleife steht: *Unseren Kameraden*.

Über all dem weht die neue Fahne, getragen von einem Jungschützen. Dann übernimmt der Pfarrer und stimmt ein Lied aus dem Gesangbuch der Bundeswehr an. Nach einer markigen Predigt weiht er die Fahne. Zum Abschluß der patriotischen Übung stimmen alle »Großer Gott, wir loben dich« an.

Feinniger lächelt ihm zu: »Na, Herr Bollhagen, auf den Geschmack gekommen?«

»Eher bitterer Nachgeschmack, Kamerad Feinniger.«

Derweil spreizt sich Blaistein vor einer Regionalredakteurin: »Und wie gesagt, vierundneunzig wurde ich Schützenkönig. Und die Auszeichnungen, die Sie hier sehen: Die ist die für fuffzig Jahre Mitgliedschaft im deutschen Schützenbund, diese Plakette ist für fuffzig Jahre Mitgliedschaft im Bürgerschützenverein Straußenhain, da die Zeit von neunzehnneununddreißig bis jetzt rechnet, denn wenn es keinen Sozialismus gegeben hätte, wäre ich ja weiter Mitglied des Schützenvereins geblieben. Das ist das Verdienstkreuz des Landesschützenbundes. Das ist das silberne Ehrenkreuz des Deutschen Schützenbundes. Das ist das Verdienstkreuz des Bürgerschützenvereins, das ist das Verdienstkreuz Erste

Klasse, das ist der Königsorden und das ist der Gründungsorden.

Tja, wir sind keine Pappkameraden. Ich persönlich habe einen Karabiner achtundneunzig K, den ich auch im Krieg gehabt habe. Ja, wir haben Großkaliber, wir haben Vorderlader, wir haben Pistolen, wir haben Vorderladerpistolen, wir haben Kleinkalibergewehre. Unser Vorsitzender, der Kamerad Feinniger, ist Spezialist für Pistole, besonders Walther P achtunddreißig.«

Damit nun gibt er Bollhagen das richtige Stichwort. Der wendet sich Feinniger zu: »Langsam finde ich Gefallen an Ihrer Schützenvorstellung, mein Interesse ist geweckt, besonders an den Pistolen. Und wissen Sie, was ich ausgesprochen spannend finde: Sie sind nicht nur der Vorsitzende dieses Schießvereins und ein besonders guter Walther-P-achtunddreißig-Schütze, Sie sind auch Vorsitzender vom Förderverein der Parkeisenbahn, aus dem just gestern ein Mann gefallen ist.«

»Sie meinen, ich habe den armen alten Mann mit einer Walther aus dem Eisenbahnwaggon gestoßen?«

»Vielleicht nicht so direkt.«

Feinniger holt Luft. Bollhagen ist schneller: »Nein, sagen Sie es nicht, daß Sie für gestern ein Alibi haben. Ich wäre bitter enttäuscht, wenn sie keins hätten. Mich interessiert viel mehr die Zeit vor der Kunstaktion.«

»Da hatte ich mich mit Grossling verabredet, wegen Bäumchen vom Friedhof.«

»Und einander gefunden?«

»Verfehlt … irgendwie … ein Mißverständnis …«

»Merkwürdig, Herr Feinniger. Wir werden uns wohl bald wiedersehen. Dann aber nicht am Kriegerdenkmal! Da können Sie sicher sein!«

Die Frauen der Schützen haben eine Tafel mit selbstgebackenem Kuchen aufgestellt. Sie kosten ihren Kuchen gegenseitig und befragen einander nach den Rezepten. Die Männer stehen am Tresen und trinken Bier. Blaistein ist im Kursker Bogen und gewinnt endlich die Schlacht, bei der er sich vor Angst in die Hosen geschissen hatte und die er in der DDR vierzig Jahre lang nicht nachkämpfen durfte.

Beutig und Feinniger belauern sich über den Kuchentisch. Beutig greift nach einem Stück Abgeriebenen und sagt zu Feinniger: »Das Wasser steht uns bis zum Hals, würde ich sagen, wenn es nicht genau das Gegenteil wäre. Die Sachsen geben aus ihren Talsperren kein Wasser mehr an uns ab. Die Polen fordern eine Überprüfung der Schlitzwände, weil sie sinkende Grundwasserpegel auf ihrer Seite feststellen, die nicht nur mit den geringen Niederschlägen zu begründen sind. Wir müssen die Wassersituation entschärfen! Koste es, was es wolle.« Feinniger patscht vor Aufregung in ein Stück Sahnetorte. Beutig genießt die Angst des anderen und seine eigene Macht: »Der Lupsch hat getan, was er konnte. Wir brauchen einen plausiblen Grund, warum wir in die Restlöcher kein Wasser pumpen. Also sprengen Sie doch endlich die Kippe am Restloch Blumenau, wie besprochen! Dann haben wir die Rutschung, mit der wir die ganze Seenkette in Frage stellen können. Keine Behörde und kein Politiker wird auf Badeseen bestehen, die unter dem Arsch wegrutschen. Das ist unsere einzige Chance!«

»Überall kurvt der Bollhagen von der Kripo rum, steckt seine Nase in jeden Misthaufen. Den Sprengstoff ... wir mußten in der Wolkenberger Kirche zwischenlagern«, erwidert Feinniger.

Beutig verzieht sein Gesicht: »Hat mir Heinz Noack schon gebeichtet. War auch saublöd von Ihnen, das Zeug in einem Wehrmachtsjeep rumzukarren. Auffälliger gings nicht. Also sprengen Sie endlich!«

Feinnigers Stimme nimmt einen flehenden Ton an: »Ich kann den Sprengstoff erst aus der Kirche holen, wenn sich das mit der Polizei beruhigt hat!«

»Das ist Ihr Problem! Es gab genug Pannen! Es geht um Milliarden, Milliarden Euro wohlgemerkt, da gibt es keine Rücksichten. Ich habe Marx gelesen: für hundert Prozent Profit ist das Kapital bereit ... na ja, Steigerungsstufe bis zu fünfhundert Prozent. Hier gehts um noch mehr. Marxismus ist eben doch eine Lebenshilfe. Marx ist an Ihnen vorübergegangen. Sie werden es bereuen. Übrigens ist die Torte, die Sie gerade zermatschen, von meiner Frau gebacken! Altes Ostrezept mit Westzutaten! Lassen Sie es sich schmecken!«

Beutig legt ein Stück Abgeriebenen auf seinen Teller und bricht es mit spitzen Fingern entzwei. Er wendet sich noch mal an Feinniger: »Abgeriebener in Kaffee getitscht ist ein Hochgenuß. Kann ich nur empfehlen. Übrigens, die Filme liegen wieder in Ihrem Tresor. Zur Sicherheit habe ich einen unserer Vereinsmänner an den Vorstandsetagenempfang gesetzt. Sie werden nichts dagegen haben, Herr Doktor Feinniger!«

Was wird Achim Nagorke, der Ersatzteilschacherer aus DDR-Zeiten, Bollhagen Wichtiges zu sagen haben? Wenn Nagorke etwas zu sagen hat, dann mit in Falten geworfener Stirn und aufgerissenen Augen. Schon in der Schule war das so. Achtete man nur auf die Mimik und den Tonfall von Achim, mußte das, was er sagte, die absolute Wahrheit sein. Meistens lag Achim aber daneben, zumindest in der Schule. Manchmal kam es auch zu vertrackten Verwechslungen. In der mündlichen Physikprüfung waren sie beide die letzten Prüflinge des Lehrers in dessen Berufsdasein. Achim legte fehlerlos die Funktionsweise eines Kohlekraftwerks dar. Gefragt war aber nach einem Atomkraftwerk. Der Lehrer gab sich mit dem Kohlekraftwerk zufrieden. Und für Achim stand nach der Prüfung fest: Das Technische liegt mir besonders.

Vielleicht war das Technische tatsächlich Achims Bestimmung. Er arbeitete in der LPG, reparierte Mähdrescher und Traktoren und auch die Autos seiner privaten Kunden. Selbst bei besonders raren Ersatzteilen fand Achim eine Lösung, gegen entsprechenden Aufschlag natürlich. Bei Bollhagens Dacia, was ein rumänischer Renault-Nachbau war, wäre die Fahrbereitschaft ohne Achim kaum zu halten gewesen.

Das ging so lange gut, bis die Westautos kamen. Da brach Achim der Reparaturmarkt zusammen und den Bauern die LPG. Er machte aus der Not eine Tugend und kaufte die Werkstatt und die Melkerwohnung von dem eins zu zwei getauschten Autoreparaturgeld. Seitdem betreibt Achim Nagorke eine Autoverwertung, die allerdings nicht halb so gut läuft wie seine frühere Reparaturwerkstatt. Und dieser Achim Nagorke, Ex-Ersatzteilkönig, hatte nun Bollhagen angerufen. Es ginge, so hatte Nagorke betont, um nichts weniger als den Toten im Tertiär.

Etwas schien dran zu sein, das spürt Bollhagen, und so fährt er hin, eine Stunde früher als vereinbart. Lieber vorher ein wenig umsehen und den Nagorke überraschen.

Nagorkes Wohnhaus ist dunkel. Es riecht nach Holzfeuer. Bollhagen schleicht auf den Hof, von dem Wege zur Werkstatt, zum Plumpsklo und zum Waschhaus abgehen. Bei Nagorke hat sich nichts geändert.

Durch die Waschhaustür quillt ein Streifen Licht in den Nebel. Ansonsten Stille. Bollhagen drückt die Klinke, und mit einem Ruck knallt die Tür auf.

Ehe Bollhagen sich in dem verdämmerten Waschhaus orientieren kann, ruft es aus dem Dunst: »Mensch, Bruno, haste ma aber erschreckt!« Achim sitzt in einer Zinkwanne, die wie ein aufgeschnittenes Mini-U-Boot aussieht. Das Wasser dampft. Genüßlich zieht Achim an einer dicken Zigarre. Es riecht nach Latschenkiefer und Havanna. Der Kanonenofen knackt und glüht. Obenauf ein Topf mit brodelndem Wasser. »Nochn Schöpper Heeßes, Bruno!«

Bollhagen sieht sich nach dem Schöpfer um. Achim weist die Richtung. Jauchenschöpfer mit kurz gesägtem Stil. Bollhagen schöpft Wasser aus dem Topf und geht damit an die Badewanne.

»Vorsichtig, Bruno, und nur an die Beene.« Achim rührt um, die See tobt, und Achim rutscht tiefer, taucht ab in ein Meer aus Glückseligkeit. »Aber nun mal los«, sagt Bruno. Achim taucht auf. »Fast hätte ich dich vergessen, Bruno. Also mir hat jemand nen Geländewagen angeboten zum Ausschlachten. Een Jahr alt. Komisch wa. – Na ja. Wer gibt een Auto zum Ausschlachten, das tipptopp ist? Und fragt vorher, wann die Presse kommt. Und will nischt haben dafür. Na gut, der hat genug. Aber wann haste heutzutage genug!«

»Wer?«

»Feinniger!«

»Schon gepreßt?«

»Klar Mann ...« Achim macht eine Pause.

»Das kann doch nicht wahr sein!« Bollhagen wird laut.

»Klar Mann ...« Achim nimmt einen Zug aus der Zigarre und kringelt Rauch aus spitzen Lippen. Aber die dicke Luft zerdrückt die Kringel. »Für Feinniger ist sein schönes Auto platt. Habe ihm sogar ein Stück Blech gezeigt. Die Karre steht komplett im eingefallenen Gutshaus unter einer Plane.«

»Gut, Achim! Mal sehen, ob es ein Treffer ist. Morgen lasse ich das Auto abholen, gleich früh. Also, zeitig aufstehen, Achim!«

»Aber diskret, Bruno, wenn ich bitten darf. Ich will mein schönes Leben nicht auf einem Förderband im Tagebau beenden. Und nun noch ein Bier, Bruno!«

Bollhagen zieht eine Flasche aus dem Kasten am Kopfende der Wanne, öffnet mit einem Schraubenzieher und sieht beim Umdrehen einen Eimer mit kaltem Wasser. Achim taucht wieder genußvoll unter, nur die Hände sind über Wasser: In der einen Hand die Zigarre, in der anderen die Bierflasche. Bollhagen bückt sich und kippt das kalte Wasser in die Wanne. Achim schnellt nach oben, reißt den Mund auf und schluckt Wasser. Noch während er hustet, sagt Bollhagen: »Sonst hättest du mich womöglich wieder vergessen.«

Merkwürdig ist, daß Achim einen solchen Kunden wie Feinniger anscheißt, denn immerhin gefährdet er seinen Ruf und damit neue Geschäfte.

Nicht erzählt hat Nagorke, daß ein anderer früherer Klassenkamerad, der Bundestagsabgeordnete Werner Lupsch, Nagorke zu diesem Anruf bei Bollhagen ermuntert hatte. Und Nagorkes Rechnung ist in solchen Fällen ganz einfach: Feinniger ist ein mächtiger Mann, aber Lupsch ist noch etwas mächtiger.

Das Notariat Kleinert ist in einem Gebäude untergekommen, das aussieht wie ein kleines Bolschoi-Theater. Die Russen hatten es als Kulturhaus zwischen die Kasernen ihres hiesigen Stützpunkts gebaut.

Der Treppenaufgang ist hallig, und zwischen den Säulen haben die Nachnutzer und Sanierer sogar noch ein russisches Wandbild belassen. Ein Panzer mit Sowjetstern jagt darauf einem Sieg entgegen. Hinter der Tür unter diesem Bild residiert der Notar Kleinert. Beim Eintreten glaubt Bollhagen einen Moment lang, den Geruch von Wodka, Machorka und Knoblauch in der Nase zu haben. Marie-Luise Scheppan bietet Bollhagen Kaffee an. Sie haben ausgemacht, daß sie den Notar ablenkt, während er in dem Blechschrank für die diskreten Angelegenheiten nach der Feinniger-Noack-Akte sucht. Marie-Luise will es nicht selbst tun. Sie ist froh, daß sie wieder Arbeit gefunden hat. Der Notar räuspert an Bollhagen vorbei und ruft vor dem Verschwinden noch ein heiseres »Guten Tag«. Marie-Luise nickt Bollhagen zu. Es kann also losgehen.

Aktentürme umstellen den wuchtigen Schreibtisch. Auf der Schreibtischplatte steht eine Schale mit Brieföffner, Fliegenklatsche, Kugelschreibern und Bleistiften. Aus dem goldgerahmten Foto lächeln zwei Backfisch-Töchter in Ballettpose und eine Frau, die Bollhagen entfernt an Hannelore Kohl erinnert. Wie Marie-Luise versprochen hat, liegt der Schlüssel zum Blechschrank unter dem Fuß des Fotos. Der Notar ist ein systematischer

Mensch, er hat die Aktenstapel mit gelben Klebezetteln versehen. Bollhagen greift beherzt den Stapel *Fjellfall*. Obenauf Grundstücksverkäufe von Wolkenbergern. Also doch nicht so geschlossen die Front. Eine Hand legt sich auf Bollhagens Schulter, er zuckt zusammen, hat die Tür nicht gehört. Marie-Luiese. Sie sagt: »Gute zehn Minuten hast du noch, der ist mit Zeitung aufs Klo!« Bollhagen atmet erleichtert aus: »Na Gott sei Dank!« Und da stößt Bollhagen auf die entscheidenden Papiere: Der Wassinke verkauft seinen Wald an Peter Noack. Bollhagen weiß noch nicht, wie er das einzuordnen hat. Aber dann, wenig später, hat er begriffen: Feinniger und Noack. Das schlägt dem Faß den Boden aus. Bollhagen läßt sich, alle Vorsicht vergessend, auf den Notar-Sessel fallen. Der Noack verkauft den Wassinke-Wald an Fjellfall. Und das zu einem stattlichen Preis. Hängt der Wassinke mit in dem Deal? Oder hat nur der Noack abgesahnt? Marie-Luise zischt: »Beeil dich!«

Bollhagen legt alles an seinen Platz, bloß beim Bild ist er sich plötzlich nicht sicher, in welchem Winkel es zum Sessel des Notars gestanden hat. Ist nun auch egal.

Er wirft Marie-Luise noch eine Kußhand zu und verschwindet.

Das sind Momente in seinem Leben, die Bollhagen auskostet: Die Festnahme eines Mörders. Zum einen ist es das Gefühl, der Sieger zu sein, und zum anderen die Genugtuung, ein Stück Gerechtigkeit in die Welt zu setzen. Dieses Zusammentreffen kostet Bollhagen aus.

Bollhagen ruft Feinniger an: »Ihre Einladung zu einer Tagebaurundfahrt, gilt die noch? Ich hätte in einer halben Stunde Zeit.«

»Ich fahre sowieso raus. Ich hole Sie ab!«

Bollhagen legt auf und gibt per Computer eine SMS an sein Handy ein. Das wird in zwei Stunden klingeln, und er wird Feinniger die Nachricht vorlesen. Außerdem wird er sofort einen Haftbefehl veranlassen. Am frühen Nachmittag könnte alles erledigt sein. Also Finale!

Feinniger fährt pünktlich mit standesgemäßem Mercedes vor. Der Kerl ist unsicher, denkt Bollhagen, sonst wäre der nie auf Zuruf hier erschienen.

»Ich werde Ihnen die guten Seiten des Tagebaus zeigen, die schlechten erkunden Sie ja zur Genüge«, sagt Feinniger.

»Ich hatte schon gehofft, daß wir ins schwere Gelände fahren. Sie haben doch so einen zackigen Geländewagen.« Feinniger geht nicht darauf ein. »So sieht es nach der Rekultivierung aus«, sagt er. Wie eine Rampe zum Pyramidenbau erhebt sich aus der Kuchenbrettebene ein Rodelberg. »Lassen Sie uns hoch gehen auf den Aussichtspunkt«, schlägt Feinniger vor.

Einen Moment bedenkt Bollhagen die Möglichkeit, doch noch ins Tertiär geschickt zu werden. Vorsichtshalber spricht er von seinem Kollegen Babke, der später nachkommen werde.

Feinniger parkt akkurat in einer aufgezeichneten Parkfläche. »Wir haben an alles gedacht«, sagt er. Sie steigen die Treppe hoch auf den Aussichtspunkt. Oben liegen Findlinge. Daneben geben Edelstahlschilder Auskunft über die Herkunft der Steine.

»Die Erdgeschichte im Zeitraffer«, sagt Feinniger, »unablässiges Werden und Vergehen. Vor diesen Zeitabläufen wird man bescheiden, Herr Bollhagen. Und wie punktuell sind Urteile. Ist die Eiszeit nun landschaftszerstörend oder landschaftsformend? Ist Formen Zerstören oder Zerstören Formen? Hätten wir, im Einsteinschen Relativitätszug sitzend, theoretisch die Wahl – sollten wir die Landschaft vor der Eiszeit schützen? Wer soll da über unser Tun richten?«

»Vielleicht niemand, weil Sie die Lebensgrundlage Wasser vernichten«, sagt Bollhagen.

»Gleich wieder polemisch, Herr Bollhagen!«

»Meine Aufgabe ist es, über das Tun heute zu richten, Herr Feinniger.«

»Ohne Kohle stirbt die Region«, sagt Feinniger. »Wir sind der größte Arbeitgeber direkt und indirekt.«

»Und der größte Verdiener!«

»Wer gut arbeitet …«

»Oder von den Subventionen lebt. Es ist doch wie in der DDR: Die enormen Umweltschäden trägt die Allgemeinheit, bei privater Aneignung des Gewinns.«

»Sie haben noch«, Feinniger betont das noch, »kommunistische Vorstellungen, mein lieber Bollhagen. Wir haben Ihr System in das der Marktwirtschaft umgewandelt.«

»Jetzt«, sagt Bollhagen, »erlebe ich die Umwandlung der Marktwirtschaft in eine Lobbywirtschaft. Sie verdienen mehr, als ein Mensch erarbeiten kann, und die Verantwortung für Ihr Tun schieben Sie auf die Politiker, und die verschieben sie auf solche Händchenheber wie Lupsch. Und niemand denkt über die eigentliche Dimension nach. Und die Leute, die dazwischenfunken, stellen Sie kalt, eiskalt. Wie den Noack.«

»Nein! Da irren Sie sich!«

»Oder den Schweden!«

»Welchen Schweden?«

»Oder Jan Koal!«

»Nein, nein!«

Bollhagen schaut auf die Uhr. Es kann losgehen. »Wo ist denn Ihr Geländewagen, Herr Feinniger?«

»Entsorgt. Totalschaden. So ein Stein im Sand. Tagebau ist schweres Gelände.«

»Sie irren. Ihr Auto steht ziemlich unversehrt bei uns.«

Bollhagen stellt genüßlich fest, wie Feinniger nervös an seinem Schal rumfummelt. Dann klingelt das Handy. Alles läuft wie am Schnürchen. Bollhagen nimmt das Handy aus der Tasche und öffnet die SMS. »Betrifft Ihren Geländewagen. Es ist eindeutig: Blut von Peter Noack ... Hier –« Bollhagen hält Feinniger das Handy hin.

Feinniger erblaßt. Aber trotzdem läuft ab jetzt nichts mehr an Bollhagens Schnürchen.

»Noack war längst umgeschwenkt, wollte sein Grundstück verkaufen«, sagt Feinniger. »Die Frau davongelaufen, keine Arbeit, keine Perspektive, das zermürbt. Er wollte den Traum seiner Vorfahren wahr machen: Sansibar, freilich etwas bescheidener, aber eine Insel. Dafür brauchte er Geld. Er benutzte Wassinke, um den Preis für sein Umschwenken hochzutreiben. Außerdem hatte er Filme mit Umweltdaten aus meinem Büro geklaut. Die Kirche als Basar: Noack bot die Filme zum Verkauf. Dann lag er tot in seiner Küche. Damit es nicht an mir hängenbleibt, habe ich später die Leiche zum Tagebau gefahren.«

»Und Pech gehabt, sonst wäre Noack spurlos verschwunden. Wie der Schwede.«

»Nein! Ich bin kein Mörder.« Feinniger schreit immer wieder. »Ich bin kein Mörder!«

Weißer Belag sammelt sich in seinen Mundwinkeln. Er krampft die Finger um das Geländer.

»Fragen Sie den Beutig mit seinem Heimatverein. Ich bin längst abgeschrieben. Weil ich eben nicht über Leichen gehe. Zu feinfühlig für einen Global-Player.«

»Wer hat geschossen?«

Feinniger zuckt mit den Schultern. Bollhagen wehrt sich gegen das aufkommende Gefühl, daß dieser Mann wirklich kein Mörder ist.

Es fängt zu schneien an. Großflatschige Flocken rutschen auf Bollhagens Autoscheibe herunter, bis sie von den Scheibenwischern erfaßt werden. Bollhagen hält vor Wassinkes Wald. Schnee treibt schräg gegen die Kiefernstämme. Liegt in diesem Stück Wald die Lösung des Falles? Warum kämpft einer, dessen irdisches Sein bald aufgebraucht ist, so verbissen um ein Stück Land, setzt womöglich sein Leben aufs Spiel? Und dann verkauft er das Land, was heißt verkaufen: er hat es an Noack verschenkt. Und wo ist die Leiche von Wassinkes Frau? Vom Leben nach dem Tod hat Wassinke erzählt. Eine verquaste Philosophie. Aber basteln wir nicht alle am Entkommen von der Endgültigkeit des Todes?

Bollhagen steigt aus, will das Geheimnis des Waldes ergründen. Schneematsch näßt seine Halbschuhe. Durch die Baumstämme leuchtet etwas Weißes. Bollhagen läuft darauf zu. Es ist ein Findling. Und das? Eine Grube? Tatsächlich! Er sieht genauer hin und findet einen Splint, handgeschmiedet. So einen hat er gestern gesehen, an

Wassinkes Handwagen. Bollhagen schlägt sich auf die Stirn: Der hat seine Frau niemals auf den Friedhof geschafft, sondern hierher in sein »Heiliges Land«. Nun hat er die Frau vor dem Bagger gerettet. Das ergäbe einen Sinn. Wo hat er sie aber hingebracht? Er wird Wassinke fragen. Beim Zurückgehen achtet Bollhagen nicht darauf, daß seine Kapuze runtergerutscht ist und nasser Schnee von den Zweigen in seinen Nacken fällt.

Vor Wassinkes Tür steht Johannas Fahrrad. Bollhagen sieht zum Fenster rein. Wassinke und Johanna löffeln Kartoffelbrei mit Spiegelei. Bollhagen klopft und tritt ein.

»Bin fertig«, sagt Johanna, »ich hol mal Holz. Ist frisch geworden in der Küche.«

Wassinke hört nicht richtig hin, sonst hätte er das Holzholen bestimmt verhindert.

»Das Grab Ihrer Frau ist leer«, sagt Bollhagen.

»Das geht keinen was an!«

»Oh doch. Bürokratie ist für alle da, auch für die Toten.«

»Sie können mich mal mit Ihren Vorschriften. Wie soll sich ein Lebenskreis schließen ohne sicheres Grab?«

Da kommt Johanna wieder herein. Stolz hält sie Waldemars Wattejacke in der Hand. »Beim Holz lag sie, hintergerutscht. Haste doch gesucht!« Sie legt die Jacke auf den Stuhl und erschrickt. Jetzt sieht auch Bollhagen warum: Die Jacke ist mit Blutflecken übersät.

»Vom Karnickelschlachten, Johanna.«

»Wo haste denn Karnickel?«

»Im Dorf.«

»Haste doch noch nie gemacht.«

»Du mußt zu Heinz, Johanna.«

Sie packt ein. Bollhagen weiß, wessen Blut auf der Jacke ist. Und Wassinke weiß, daß es nun vorbei ist.

»Machs gut«, sagt Wassinke zu Johanna und nimmt sie in die Arme. Er bringt sie vor die Tür.

Johanna ist taumelig vor Glück. Ihr Waldemar hat sie in die Arme genommen, und das vor einem Fremden. Sie schneuzt, bevor sie auf das Fahrrad steigt. Wassinke sieht ihr nach und winkt.

Bollhagen fühlt sich hilflos. Die arme, ahnungslose Johanna.

Wassinke schlurft herein. »Für Sie wird es am schwersten«, sagt Bollhagen. Wassinke räumt die Teller ab und setzt sich wieder.

»Wo ist ...« Bollhagen überlegt, wie er das formulieren soll. »Wo ist Ihre Frau?«

»Das ist meine Sache!«

»Sie irren! Wir leben in einem Land, da lassen die Behörden nicht mal einen Toten in Ruhe!«

Wassinke nimmt seine Jacke in die Hand und starrt auf den Blutfleck: »Der Noack warn Verräter«, sagt er. »Der hat mich und alle nur benutzt fürn riesiges Geschäft mit dem Feinniger. Der Beutig hat mir das gesteckt. Erst hab ichs nicht geglaubt, und da hab ich den Peter zur Rede gestellt, in der Wolkenberger Kirche. Da hatter gelacht und ist sogar los off mich. Und da hab ich geschossen!«

Wassinke nimmt seine Zahnbürste vom Waschbecken, steckt sie in die Hemdtasche und erwartet seine Verhaftung.

»Ich lasse erst die Jacke untersuchen!« Bollhagen hat eine teuflische Idee.

Auf der Fahrt zu Feinnigers Haus meldet sich Babke: »Ein anonymer Hinweis zur Tatwaffe: Schafstall Feinniger.«

Es wird eng, denkt Bollhagen. Deshalb ruft er Feinniger an: »Die Mordwaffe liegt in Ihrem Schafstall. Alle Indizien sprechen gegen Sie. Eine gekonnte Inszenierung. Sie sind doch Geschäftsmann. Vorschlag: Ich bringe den Beweis für Ihre Unschuld, und Sie packen über die ganze Schweinerei mit dem Wasser aus. Mit Daten!«

Feinniger atmet schnell: »Wäre ich doch mit meiner Frau nach Italien gefahren!«

»Weglaufen hilft nicht, wir haben Sie in zehn Minuten. Alle Zufahrtswege sind dicht. Sie haben nur die Wahl zwischen Mörder oder Verräter!«

»Sie schützen mich?«

»Ich tue mein Bestes!«

»Ich sage aus!«

Die Dämmerung kippt ins Dunkle. Der Weg zu Feinniger zieht sich. Bollhagen sucht die Abfahrt. Biegt aus der nicht ein Auto ohne Licht? Ein Porsche? Mist, Bollhagen sieht es bei den Lichtverhältnissen nur verschwommen. Das Alter für eine Brille ist heran. Nächste Woche wird er zum Augenarzt gehen, nimmt er sich vor.

Feinnigers Haus ist ein finsterer Klotz. Die Schafe blöken. Die Frau ist in Italien, wie jeder hier weiß. Bollhagen klingelt am Hofeingang, aber nichts tut sich. Er ruft Feinniger an. Niemand nimmt ab. Bollhagen steigt an der Rückseite des Anwesens über den Zaun. Die Haustür steht offen.

Er findet Feinniger in dessen Arbeitszimmer. Feinniger hält die Walther noch in der Hand, sein Kopf ist zerschossen. Neben ihm liegt blutbespritzt der Abschiedsbrief. Feinniger gesteht die Morde an Noack, an Valsbjerg und an Jan Koal. Wenigstens Wassinke retten, denkt Bollhagen, ruft Babke an und rast zur Teichwirtschaft.

Zu spät. Wassinke ist weg. Und da begreift Bollhagen, wo er Wassinke findet.

Er fährt zur Kirche. Eine mächtige Detonation schleudert ihn vom Weg.

Am nächsten Tag steht Bollhagen mit Mona auf dem Aussichtspunkt des Tagebaus. Sie sehen hinüber zu der gewaltigen Rutschung, die von der Sprengung ausgelöst wurde. Die Wolkenberger Kirche, Wassinkes Wald; alles weggerissen. Nun weiß Bollhagen auch, wo die Gebeine von Wassinkes Frau sind: Wassinke liegt mit seiner Ruth da unten. Er hat mit Feinnigers Sprengstoff sein Versprechen erfüllt. Und ebenso unerreichbar liegt da unten auch der Schwede Olof Valsbjerg mit einer Kugel aus einer Walther im Kopf.

»Wenn man Beutig einsetzt, paßt plötzlich alles. Er hat seiner Heimatkameradschaft die Befehle gegeben und nebenbei noch den unliebsamen Oberboß Feinniger beseitigt. Nun ist der Weg frei zum Vorstandsvorsitzenden.«

Mona kuschelt sich an Bollhagens Seite: »War das bei dem Feinniger nun Selbstmord?«

»Vielleicht ja, vielleicht nein. Zißlow findet keine Beweise. Den Beutig bekommt man nicht zu fassen. Er hat für die Drecksarbeit seine Leute.«

Bollhagen hält einen Beutel in der Hand. Darin ist Wassinkes Jacke. Er geht ein paar Schritte an die Kante und wirft den Beutel mit einem Riesenbogen in den Tagebau.

»Feinniger war die letzte Möglichkeit«, sagt Bollhagen. »Alle machen weiter wie bisher. Damit ist unsere Zukunft zur Vergangenheit geworden.«

»Vielleicht reicht die Zeit wenigstens noch für uns«, sagt Mona.

Kjell Eriksson
Das Steinbett
Ann Lindells größter Fall
Roman. Aus dem Schwedischen
von Paul Berf
331 Seiten. Gebunden
ISBN 3-378-00648-X

»Ein legitimer Nachfolger von Sjöwall/Wahlöö.«

HELSINGBORGS DAGBLAD

Sie kümmert sich lieber um ihre Ermittlungen als um ihr Liebesleben – Kommissarin Ann Lindell, Mitte dreißig, arbeitet seit fünfzehn Jahren für die Kriminalpolizei in Uppsala. Kurz vor Mittsommer übernimmt sie einen Fall von Fahrerflucht, der sie fassungslos macht: Eine Frau und ihre sechsjährige Tochter wurden überfahren, die Indizien deuten auf einen Mord.
Kjell Eriksson, der in der Nähe von Uppsala lebt, erhielt 1999 den schwedischen Krimipreis für Debütanten. Leser dürfen sich freuen: Ann Lindell ermittelt weiter …

»Kjell Eriksson ist ein sprachlich ausgereifter Erzähler, der zu fesseln weiß.« NEUE OSNABRÜCKER ZEITUNG

Gustav Kiepenheuer
VERLAG

Mehr Informationen erhalten Sie unter
www.aufbau-verlag.de oder in Ihrer Buchhandlung

Gunter Böhnke
Mit dem Floß unters Eis
137 Seiten. Gebunden
ISBN 3-378-00643-9

»...bringt die Zwerchfelle zum Beben...« LEIPZIGER VOLKSZEITUNG

Nicht umsonst nennen ihn seine Fans den sächsischen Schwejk. Denn wie der wahre Schwejk hat auch Gunter Böhnke Dutzende Abenteuer bestanden, ohne sich dabei aus der Ruhe bringen zu lassen. Einige seiner gewagten Unternehmungen hat er nun für uns festgehalten. Da war einmal ein Kindheitstraum, den er sich immer erfüllen wollte und den er sich eines Tages erfüllt hat: Böhnke baut ein Floß. Wie sich sieben Bohlen für solch ein Fahrzeug im Leipziger Auenwald auftreiben lassen, wird er allen Interessierten endlich verraten.

»Böhnkes Geschichten sollte man beim Antritt der kommenden Urlaubsreise gelesen oder wenigstens ins Gepäck gesteckt haben; es ist eine prächtige Anleitung, wie man diese raren Tage ewig im Gedächtnis behält. In seinen Erzählungen beweist er, daß Sächsisch Weltsprache ist.«
LEIPZIGER VOLKSZEITUNG

Mehr von Gunter Böhnke:
Ein Sachse beschnarcht sich die Welt. AtV 1753

Gustav Kiepenheuer
VERLAG

Mehr Informationen erhalten Sie unter
www.aufbau-verlag.de oder in Ihrer Buchhandlung